O Cadáver
Indiscreto

Impresso no Brasil, janeiro de 2014
Título original: *Le Cadavre Indiscret*
Copyright © Éditions Albin Michel, 1996

Os direitos desta edição pertencem a
É Realizações Editora, Livraria e Distribuidora Ltda.
Caixa Postal 45321 – 04010-970 – São Paulo – SP
Telefax (5511) 5572-5363
e@erealizacoes.com.br / www.erealizacoes.com.br

Editor
Edson Manoel de Oliveira Filho

Gerente editorial
Sonnini Ruiz

Produção editorial
Sandra Silva

Preparação
Lizete Mercadante Machado

Revisão
Beatriz Chavez

Capa
Mauricio Nisi Gonçalves / Estúdio É

Projeto gráfico e diagramação
André Cavalcante Gimenez / Estúdio É

Pré-impressão e impressão
Gráfica Vida & Consciência

Reservados todos os direitos desta obra. Proibida toda e qualquer reprodução desta edição por qualquer meio ou forma, seja ela eletrônica ou mecânica, fotocópia, gravação ou qualquer outro meio de reprodução, sem permissão expressa do editor.

Michel Henry

O Cadáver Indiscreto

Tradução de
Nélia Maria Pinheiro Padilha von Tempski-Silka

Sumário

Capítulo 1 7
Capítulo 2 12
Capítulo 3 16
Capítulo 4 31
Capítulo 5 39
Capítulo 6 51
Capítulo 7 63
Capítulo 8 70
Capítulo 9 77
Capítulo 10 86
Capítulo 11 96
Capítulo 12 108
Capítulo 13 122
Capítulo 14 136
Capítulo 15 147
Capítulo 16 151
Capítulo 17 162
Capítulo 18 168
Capítulo 19 176
Capítulo 20 188
Capítulo 21 201
Capítulo 22 205

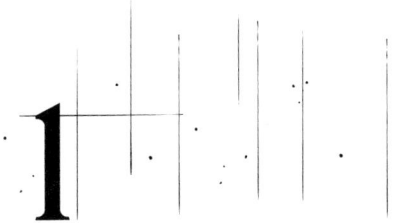

1

Aquele cujos lábios se cala fala com as mãos. Li isso em algum lugar. Vê-se que é útil ter estudado.

Ela permanece sentada, na minha frente, espigada, o olhar pousado na escrivaninha. Seus lábios estão imóveis. As mãos se crispam insensivelmente – enquanto falo –, fechadas sobre o peito que se eleva e se abaixa ao ritmo de uma respiração diminuída. Em volta dos dedos, pregas se formam sobre seu xale de um cinza refinado, dos dois lados de uma cruz de ouro. Ela espera. Espera que eu saia.

– Estou surpreso que a senhora não sabia nada sobre as atividades do senhor Dutheuil nestas últimas semanas. A senhora era sua colaboradora mais próxima!

– O senhor Dutheuil só vinha aqui raramente, de passagem. Dava alguns telefonemas e partia rapidamente. Muitas vezes eu nem o via.

– Mas, afinal, ele ainda ocupava a posição de... secretário-geral, creio eu?

– Ele o ocupava teoricamente. Na prática, ele não fazia mais nada pela empresa.

– Quem se encarregava do trabalho dele?
– Seu assistente.
– E a senhora?
– Bem, eu já tinha me tornado de fato a assistente pessoal da direção... do vice-diretor. Ele e eu então tratávamos de todos os negócios.
– São grandes negócios!
– Realmente. Como o senhor sabe, as empresas de seguros são detentoras de reservas consideráveis. As daqui consistem, principalmente, em patrimônio imobiliário, além de uma carteira de títulos.
– Era esse patrimônio que o senhor Dutheuil administrava?
– Sim.
– Um cargo muito importante.
Ela pousou as mãos nos braços da poltrona e começou a se levantar.
– O que fazia o senhor Dutheuil desde que interrompeu suas funções na CAF?
– Ele foi transferido para um gabinete ministerial, como assessor, eu acho.
– Um cargo ainda mais elevado! Quais eram suas exatas atribuições?
– Não sei.
– Ele possuía um escritório lá?
– Suponho que sim.
– Ele não lhe havia falado sobre suas novas funções?
– Não.
– A senhora nunca perguntou a ele?

Ela segurou a respiração, chocada.

– Não é comum se fazer perguntas a superiores hierárquicos.

– Ele ainda recebia seu salário de secretário-geral na CAF?

Dessa vez, ela fica visivelmente ultrajada.

– Não faço a menor ideia! Isso não é da minha conta!

– A senhora tinha relações com o senhor Dutheuil fora de suas atividades profissionais?

Novamente ela me lança um olhar muito descontente.

– Nenhuma.

– Mesmo assim, a senhora falava com ele. Ambos faziam um certo número de refeições juntos...

– Unicamente refeições a trabalho.

Ela faz menção de se levantar. Toda a sua postura dá a entender que se despede.

– Quando a senhora viu o senhor Dutheuil pela última vez?

É preciso sentar-se novamente para prosseguir na conversa:

– No dia de sua morte. Ele participava de uma reunião de diretoria, onde a questão do patrimônio estava em pauta.

– Então ele ainda vinha algumas vezes.

– Daquela vez.

– Quem fazia parte da reunião?

– Toda a direção. O presidente da empresa, os diretores dos diferentes departamentos, seus colaboradores imediatos.

– O senhor Dutheuil fez alguma intervenção?

– Não. Ele estava atrasado e só permaneceu por um momento. Acabara de chegar, quando recebeu uma chamada telefônica. Um compromisso imprevisto o obrigava a partir. Ele saiu da sala imediatamente.

– Sem dizer nada?

– Ele me pediu para cancelar uma entrevista que tinha, naquele dia, para o almoço. E avisar sua mulher de que voltaria tarde.

– Que horas eram?

– Por volta de 11 e meia.

– E em seguida...

– Não o revi mais. Foi no dia seguinte que, como todo mundo na CAF, fiquei sabendo de sua morte.

– Uma morte súbita. O que diziam a respeito?

– Que ele havia cometido suicídio.

– Essa notícia a surpreendeu?

– Surpreendeu a todos. Foi uma consternação geral.

Tomo algum tempo para refletir. Diante de mim, qualquer sentimento de impaciência parece ter desaparecido. As mãos estão calmas.

– O senhor Dutheuil tinha o comportamento de alguém que pretendia se suicidar? Ele estava deprimido?

– Absolutamente não! Foi por isso que ficamos estarrecidos com o fato.

– Que tipo de homem era ele?

– Um homem de extraordinário dinamismo, jovial, simples. Ele tinha uma atividade intensa, vivia em ritmo frenético, em um verdadeiro turbilhão. Ia de uma reunião para outra, tinha múltiplas entrevistas. Quando estava aqui, tratava de diversos assuntos ao mesmo tempo – e em tempo recorde. Sua inteligência era excepcional. Além disso, parecia fazer tudo com prazer.

– Ele saía com frequência à noite?
– Provavelmente. Ele conhecia muita gente.
– Viajava muito?
– Ele se ausentava quase todos os fins de semana.
– Para seu trabalho ou por prazer?
– Os dois, sem dúvida.
– A senhora estava a par das relações dele?
– Como secretário-geral, ele se relacionava com os principais promotores parisienses, diretores de empresa, políticos, altos funcionários...
– E suas relações pessoais?
– Eram de certa forma com as mesmas pessoas, imagino.

Dou uma parada.

– Ele lhe falava sobre família?
– Não, eu sabia que ele tinha mulher e dois filhos.
– Ele se entendia bem com a mulher?

Uma hesitação quase imperceptível.

– Não sei de nada. Nunca a conheci. Suponho que sim. Eu lhe disse, ele tinha o ar de um homem feliz.

De repente ela se cala, como se decididamente fosse o momento de encerrar essa entrevista que durava demais.

Ao sair, percebo que só fiquei sabendo de banalidades.

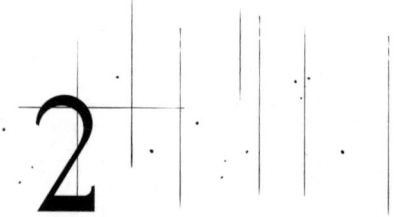

Paris está cinzenta, imóvel. Há uma espécie de silêncio. Pouca gente neste bairro solene e enfadonho. Dutheuil deve ter percorrido essas avenidas onde faltam, singularmente, lojas e cafés. A ideia de que ele está morto os torna mais lúgubres. Como é que as pessoas ricas encontram prazer em um lugar semelhante! Paro um táxi e vou caminhar ao longo do Sena. No crepúsculo, a água brilha levemente. Fico olhando para esse rio estranho, sobre o qual nenhum navio circula. No máximo se esperaria ver a barca de Caronte atravessá-lo lentamente. Com duas sombras a bordo, a do maléfico remador, a de seu passageiro que ninguém reverá jamais. Eu me pergunto a que poderia assemelhar-se Dutheuil. É indispensável para a investigação que eu obtenha uma foto. As informações de que disponho são insignificantes. Na agência, só me deram três endereços: o do seu local de trabalho, com o nome de sua secretária que acabo de ver; o de seu domicílio, onde poderia encontrar sua mulher; e finalmente – e foi preciso que eu insistisse nisso – o de seus sogros.

O diretor da agência é um imbecil pretensioso a quem, desde nosso primeiro encontro, dei o nome de Bocó. Mais tarde, fiquei sabendo com espanto que os outros membros da equipe o qualificavam com esse mesmo apelido. A secretária ficou vermelha, quando a surpreendi assim se referindo a nosso patrão. Mas estou divagando! No dia em que o citado Bocó me comunicou as indicações acima mencionadas, eu me dei conta de que ele me colocava nesse caso com três semanas de atraso.

– Esse atraso me incomoda um pouco – observei polidamente.

– Só nos encomendaram essa investigação ontem à noite – replicou ele, com evidente mau humor.

– Quem são os interessados?

– Dessa vez, ele estourou.

– Você não tem nada que saber!

Foi a minha vez de ficar estupefato:

– Mas isso sempre se faz no caso de uma investigação particular!

– Nem sempre, meu caro amigo.

Ele acrescentou, e essas palavras ainda se encontram em minha memória:

– *São precisamente os interessados na investigação que proibiram revelar os seus nomes.*

Silêncio. E em seguida, sempre de maneira seca:

– Você é pago para uma tarefa específica e só tem que fazer o que lhe pedem.

E suavizando o tom:

– Perguntam-lhe por que e como Dutheuil morreu. É simples!

Bem simples, quando se dispõe do endereço da secretária, com a qual ele já não trabalha há semanas, o de sua mulher, que deve estar fora de si, e o dos sogros, sem dúvida totalmente alheios à questão.

Uma vez na rua, decido utilizar sem demora a segunda carta na manga. Entro em uma cabine tefefônica. Ligo, mas cai na secretária eletrônica. Por sorte, duas horas depois, quando ligo novamente, atende Christine Dutheuil, esposa do morto por suicídio e sobre o qual nada mais sei.

– Senhora Dutheuil?
– Sim.
– Desculpe incomodá-la. Estou encarregado da investigação a respeito da morte do seu marido e desejaria encontrar-me com a senhora o mais breve possível.

Segue-se um longo silêncio, a ponto de eu pensar que a ligação foi cortada. Repito e fico surpreso com a inquietude na minha própria voz. É como se eu fizesse um apelo:

– Senhora Dutheuil!
– Investigar a morte do meu marido? Mas eu já falei com a polícia. Respondi a todas as perguntas deles.

O tom é cortante e eu gaguejo um pouco:
– Desculpe, senhora, mas... trata-se de um assunto grave, muito grave. Nesse caso, há... a senhora sabe, neste país existem diversas polícias. E, por conseguinte, diversas investigações...

Recobrando-me:

– Não é que uma polícia seja encarregada de fiscalizar a outra, mas enfim... diversas séries de informações podem e devem – insisto sobre "devem" – ser confrontadas, se é preciso chegar a um resultado.

– Eu disse aos investigadores que me interrogaram o que eu sabia e nada tenho a acrescentar.

Ela desliga.

Saio da cabine. Paris agora está mergulhada na noite. Os faróis dos automóveis apagam as silhuetas dos imóveis. Nas calçadas, as pessoas correm em todos os sentidos, mulheres se comprimem na direção das últimas lojas abertas, arremessam--se no metrô. Abro caminho no meio dessas pessoas atarefadas.

Estou abatido. Que fazer? Acabo de queimar duas pistas. Telefonar aos sogros no estado de confusão de minhas ideias seria loucura. Caminho sem rumo por um momento. Para onde ir? Imitá-los: voltar para casa.

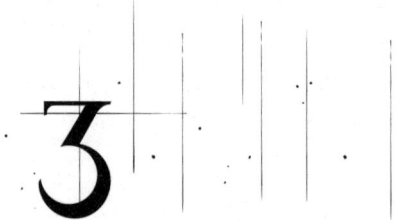

No dia seguinte, telefono cedo. Inútil esperar mais. Quero saber se me resta uma chance. Tenho dificuldades em articular as primeiras palavras:
— Poderia falar com o senhor François Nalié?
— Ele não se encontra.
— Com quem tenho a honra de falar?
— Com a senhora Nalié. Meu marido está hospitalizado.
— Sinto muito. Telefono por uma questão delicada. Ela é também do seu interesse, assim como do seu marido. Trata-se do falecimento do... do seu genro.
— O senhor quer dizer: do seu assassinato. Meu genro foi assassinado. Assassinado pelos serviços secretos, por ordem do poder... Eu estou sob escuta, mas não dou a mínima. Eles podem fazer contra mim tudo o que quiserem, não me impedirão de dizer a verdade.

Silêncio. Ela parece recobrar-se:
— O senhor sabia que se trata de um assassinato?
— Suponho que sim.
— E o que o senhor quer fazer? Aliás, quem é o senhor?

— Prefiro lhe dizer pessoalmente. A senhora poderia me receber? Hoje à tarde?

— Hoje à tarde... pode ser. Mas eu gostaria de saber...

— Vamos combinar uma hora exata. Eu tocarei às três horas... Digamos 3 horas e 35 minutos. A senhora saberá que sou eu.

Desliguei. Vou até a janela e a abro inteiramente. Meu coração dispara. A última carta era um coringa! Ela quer vingança. Ela me dirá tudo... enfim, tudo o que sabe.

Gosto deste bairro do Panthéon. Ainda que a alvenaria seja feia, seu caráter maciço e cego confere ao espaço que o cerca uma leveza extraordinária. É a leveza do ar que se respira sobre um monte. Ruas se precipitam de todos os lados. A gente se sente livre. Não consigo vir aqui sem experimentar essa emoção. Atravessei com muita frequência esta praça, quando era aluno do liceu Henri-IV. Hoje, ainda experimento esse bem-estar.

Policiais uniformizados vigiam o prédio do primeiro-ministro. Mais ao longe, um inspetor vestindo capa de chuva, anda de um lado para outro diante do edifício para onde me dirijo. Escolho o momento em que ele vira as costas para mim, para entrar. No último andar, a porta está entreaberta. Uma silhueta me indica o caminho. Entro numa grande peça iluminada. Vastos sofás, gravuras nas paredes, uma lareira do século XVIII de mármore branco, recuperada sem dúvida. Vou diretamente até a janela, que abro apesar do frio. Coloco o pé em uma minúscula sacada, muito comum nesses imóveis de "fim de século" tão numerosos em Paris.

Diante de mim, o espetáculo é esplêndido. Vista do alto, a massa absurda do Panthéon deixa de obstruir o espaço.

Em volta dela circulam livremente o ar e a luz de Paris. Os contrafortes de Saint-Étienne-du-Mont descobrem de um só golpe sua potência. Abaixo deles, semelhante a um longo pescoço de ave, o campanário lança seu grito em direção ao céu. E o lançará eternamente, a despeito dos fantasmas que circulam sobre a praça e de seus monstruosos patrocinadores. Unida à torre do antigo claustro, o vasto celeiro do liceu Henri-IV se estende até a pequena porta, por onde a gente escapava, para ir jogar pingue-pongue durante a aula de matemática. Que prazer!

Ela veio reunir-se a mim sobre a estreita sacada.

– Senhora Nalié?

– Certamente, mas o senhor não me disse ainda quem é!

A voz é benévola.

– Vamos conversar em outro lugar – digo-lhe. – Vou esperá-la na frente do edifício... um pouco mais longe.

– O senhor acha...

Volto para a sala a fim de dar uma volta, examinando as gravuras. Algumas são antigas. E depois a lareira recuperada chama novamente minha atenção. De joelhos, apalpo seu interior. Não se cansam, os caras dos serviços secretos; eles não têm imaginação!

Ela me interroga com o olhar.

Eu lhe aponto o local onde há um microfone e saio do apartamento.

Do lado de fora, o tira continua a andar de um lado para outro. Escondo-me atrás dos carros estacionados em volta do Templo da Razão, como o chamávamos ironicamente.

Espero que ela não mude de ideia, espero que venha! Não fui nem amável, nem muito falante. Mas não: aí vem ela. Ela hesita. O inspetor está do outro lado. Deixo o abrigo dos carros sem me virar; sei que ela me segue. Uma rua à direita, uma à esquerda, contornamos diversos conjuntos de casas. Ninguém atrás de nós. Finalmente um café, totalmente deserto a esta hora.

Ela está sentada à minha frente, nós nos perscrutamos sem vergonha. Algo de agudo se desprende de sua pessoa. Do olhar que atravessa a zona de sombra das órbitas ligeiramente fundas, do nariz reto, dos lábios cerrados. Seus traços avançam na minha direção como a proa de um barco. Uma bela mulher, além disso. Ela deve ter sido maravilhosa. Orgulhosa por isso! O suficiente para se fazer um bom trabalho.

Tento disfarçar meu entusiasmo.

– Quem sou eu? Eu trabalho para uma agência particular. Puseram-me neste trabalho ontem pela manhã. Ontem de manhã! A senhora pode imaginar? Três semanas após o crime. E as informações que me transmitiram são desprezíveis. Alguns recortes de jornais e três endereços. O da companhia de seguros, o de sua filha, o seu.

Ela me escuta com extrema atenção.

– E o que o senhor descobriu?

– Nada. Estive com a assistente de direção que servia de secretária a... a seu genro.

Ela aquiesce.

– Ela só me forneceu informações insignificantes. Quanto a sua filha, simplesmente recusou-se a me receber. Só posso contar com a senhora.

Novamente nos encaramos.

Há subitamente alguma coisa em sua fisionomia, na dobra da boca.

– O que exatamente o senhor procura, senhor...

– Michel. Johannes Michel. Se a senhora estiver de acordo, quando lhe telefonar, irei apresentar-me assim: Michel. Passa por nome. E eu a chamarei de Marie. Irão acreditar que faço parte do seu círculo de amigos.

– O senhor acredita que eles ainda fazem escuta?

– Mais do que nunca.

Ela permanece pensativa, e em seguida se recobra rapidamente.

– Como é que o senhor pode dizer isso, se nada sabe sobre essa questão? E como esperar resolvê-la nessas condições?

Despeito, uma espécie de cólera contida, um pouco de menosprezo – o fato é que ela levantou a voz.

Pela primeira vez, eu sorri para ela.

– Veja, isso é que é interessante, o que chamou imediatamente a minha atenção quando me confiaram este caso. Dirigir-se a uma agência particular para duplicar duas ou três polícias... oficial, oficiosa, especial ou secreta... isso custa dinheiro! E se dão dinheiro para descobrir, digamos, um assassino, nesse caso comunica-se também todos os elementos de que se dispõe, não é mesmo? E a senhora sabe que é nas primeiras horas depois de um crime que se tem maior chance de descobrir os indícios importantes, as boas pistas.

No café mal aquecido, ela fecha melhor o casaco.

— Sou encarregado de uma investigação três semanas depois, não me fornecem nenhum ajudante e praticamente nenhuma informação verdadeira! O diretor pode muito bem ser um idiota... Veja bem, cara senhora, há duas espécies de investigação: as que são destinadas a se completar e aquelas cuja vocação é de se perder no pior.

Olho à minha volta. Continua a não haver ninguém. Atrás do balcão, do outro lado do café, o garçom lê tranquilamente um jornal. Debruço-me na direção dela.

— A investigação de que me encarregaram não tem nenhum sentido. A menos que... a menos que sejam os próprios assassinos que a tenham encomendado.

Ela me observa com espanto. Lanço um olhar para fora do café. Continua sem haver ninguém lá fora.

Ela parece levemente incrédula agora.

— Por que eles fariam isso? Onde estaria o interesse deles?

— O interesse deles? Fazer acreditar a seus próximos que não são eles os culpados, que buscam a verdade, demonstrar que não houve crime. Mas tudo isso ainda não forma os motivos confessáveis, plausíveis. O verdadeiro motivo...

Seu rosto se curva em minha direção.

— *Eles querem saber o que sabemos sobre essa questão,* se eles correm o risco de serem descobertos, se eles próprios se encontram em situação de risco, se há outras pessoas que os perseguem. Em qualquer caso...

Seus olhos se arregalam.

— A senhora me compreendeu perfeitamente: em qualquer caso esses curiosos deveriam eles mesmos ser suprimidos...

Ficamos sem dizer nada, cada um se esforçando para sondar o pensamento do outro.

– Por que o senhor aceitou esse trabalho? – pergunta ela de repente. – O senhor aprecia o perigo a este ponto?

– É o meu trabalho! Faço parte daqueles que precisam ganhar a vida. E depois, veja a senhora, é preciso apreciar os riscos em seu justo valor. Suprimir aqueles que sabem demais é um preceito normalmente admitido, mas cuja aplicação é necessariamente limitada. Não se pode liquidar todo mundo. Eles já possuem um morto nos braços, que parece preocupá-los mais do que se estivesse vivo, a julgarmos por toda essa vigilância...

Ela baixa a cabeça.

– Mas *nós* – ela disse "nós" – o que podemos esperar?

Parece absorvida por reflexões que são só dela.

– Eu me pergunto – retoma baixinho – se minha filha não tem razão.

– O que diz ela?

– Foi aconselhada a deixar tudo de lado. Segundo seus amigos, haveria um risco muito grande se prosseguisse nas investigações. E de toda maneira, elas não chegariam a nada. O senhor mesmo disse.

Faz uma pausa.

– Não tenho o direito de ir contra a vontade de minha filha, não é mesmo? Ela falou de ameaças a seus filhos. Quer salvar o que ainda pode ser salvo.

Como única resposta, eu lhe indico a bandeja que está diante de nós. Tomamos o chá em goles pequenos.

– Fale-me sobre seu genro. Qual era a idade dele?

– Ia completar quarenta anos por esses dias.

– Quando é que ele conheceu sua filha?

– Faz muito tempo; eles eram muito jovens. Imediatamente se encantaram um com o outro. Estavam sempre juntos. Eles se entendiam às mil maravilhas. O noivado durou três anos. Ele pertencia a uma família da boa burguesia católica do século XVI. O pai dele era um eminente professor de medicina, conhecido internacionalmente. Havia até mesmo um prêmio Nobel na família.

– Ele era religioso?

– Ele acreditava, mas não creio que fosse praticante. Minha filha era agnóstica, muito reticente com relação à religião. Ela pensava como nós. Pertencemos a um meio muito diferente daquele de Dutheuil, muito menos chique, mas com ideias conservadoras. Eu diria, sobretudo, convicções: as da esquerda leiga, se preferir. Por sermos estranhos, isto é, opostos à religião, isso não quer dizer que não tenhamos uma moral extremamente rigorosa. Quando ele estava no governo, o senhor sabe?, meu sogro não recebia para almoçar ou jantar nenhum convidado de seu ministério, sem pagar à sua própria administração a refeição do convidado. O senhor se dá conta? E pensa que o impostor que temos hoje só vai a Nova Délhi ou Singapura levando em seu avião duzentas pessoas que ele banqueteia durante toda a viagem! Compreende-se que todos esses clientes lhe sejam devotados. Sem falar das diversas mamatas, os cargos que distribui a parentes, os múltiplos favores concedidos àqueles que rastejam diante dele... Três coisas o interessam: as mulheres... é um verdadeiro obcecado... o dinheiro, as honrarias. E com tudo isso, talvez uma quarta, a mais importante: a "imagem" que irá deixar na História. Uma imagem um tanto retocada, aliás. Não acredito que o homicídio de meu genro irá figurar nos anais escritos em sua glória.

Ela retoma o fôlego.

– A senhora me falava sobre seu genro, justamente. Então, sua filha... na verdade, como ela se chama?

– Christine.

– Christine Nalié e Jean Dutheuil casaram muito jovens e, apesar da diferença de seus ambientes familiares, se entendiam muito bem.

– Sim, na verdade, eles tiveram um sobre o outro uma influência surpreendente. Em nenhum momento o antagonismo de suas crenças se reproduziu na relação de casal. Ao contrário! Minha filha aceitou que seus filhos fossem batizados, apesar... não diria do anticlericalismo de seus pais, mas, enfim, não se está longe disso. Quanto a Jean, ele simplesmente entrou no Partido Social. Meu marido e eu ficamos pasmos.

– Ele seguiu uma carreira política?

– Não, enfim... não no começo. Ele havia feito Direito, saía de uma boa escola de comércio, sem pertencer, entretanto, à corte.

– À corte?

Ela ri.

– A corte é uma espécie de máfia, composta de antigos alunos da Escola Nacional de Administração e da Politécnica de Paris X. Há também alguns ex-alunos da Escola Normal Superior.

— Essas pessoas têm algo em comum?

— Elas possuem em comum o fato de ter renunciado a uma pesquisa desinteressada por atividades mais proeminentes, mais lucrativas. Encontram-se à frente das grandes empresas privadas, as principais públicas e nos gabinetes ministeriais. São elas que dirigem a França. É preciso que lhe diga que, mais que dinheiro, o que desejam é poder. Além disso, como o senhor pode ver, passam o tempo a se dilacerar mutuamente. Meu genro se uniu a esse grupo de tubarões todo-poderosos, mas sem verdadeiramente pertencer a ele, porque não havia passado por essas grandes escolas. Ele foi admitido por causa de sua inteligência e sua capacidade de estabelecer relações com todos que conhecia. Ele era muito aberto, engraçado, simpático e sabia como agradar. Nesse meio de intrigas e de rivalidades veladas, é bastante excepcional. Enfim, ele conhecia todo mundo, era convidado por toda parte.

— Falávamos de sua carreira. A senhora me dizia que ele não havia começado pela política.

— É verdade. Ao terminar os estudos, ocupou-se do planejamento urbano. Creio que se interessava muitíssimo pelo que fazia, era capaz até mesmo de se apaixonar por isso. Nós os víamos com mais frequência nessa época. Christine e ele levavam uma vida muito agitada e quando não tinham o que fazer vinham jantar conosco. Formavam um casal muito unido. Ele tinha um caráter rígido e um coração de ouro. Tomava conta de tudo e ajudava sua mulher nas tarefas do cotidiano. Adorava os filhos, dava-lhes de comer, colocava-os para dormir, vestia-os, contava-lhes histórias. Ele investia completamente em sua vida de família. Era muito ativo, como já lhe disse, mas, sobretudo, muito generoso. Ele dava muito, mesmo na conversa. Quando explicava alguma coisa... e ele explicava muitas coisas... assegurava-se de que você tivesse compreendido. Não hesitava em recomeçar tudo, se fosse necessário. Com relação à sua mulher, seu papel foi determinante: ele a formou literalmente. Christine não era exatamente uma pessoa "cerebral". Por natureza e apesar de nossos esforços, comportava-se como uma adolescente um tanto fútil. Tomava conta de seus vestidos e da silhueta mais do que da sua cultura. Ele a iniciou não de forma superficial, apenas para lhe dar um verniz ou por esnobismo. O que desejava era que ela se abrisse para experiências verdadeiras, aquelas vivenciadas por ele mesmo, queria compartilhar com ela o prazer que apenas a contemplação das belas coisas pode trazer. E minha filha conheceu isso, se transformou. Ele a levava a uma porção de exposições, a concertos em Bayreuth. Escapavam para a Itália sempre que possível. E toda vez com um objetivo preciso: o romance, o barroco. Meu marido gostava muito dele. Minha filha, sobretudo, o admirava. E como, por outro lado, ele a fazia rir o tempo todo, ela não podia ficar sem ele. As outras pessoas a enfadavam.

– Após o planejamento urbano...

– Aí, aconteceu alguma coisa. Graças, sem dúvida, a um de seus conhecidos, Jean recebeu uma promoção excepcional. Ele entrou para um setor muito importante e principalmente para ocupar um cargo muito elevado.

– Qual setor?

– Decididamente, estou perdendo a memória, esqueci o nome exato. Mas é um órgão muito conhecido, que depende diretamente do primeiro-ministro. Seu papel é considerável e se estende por todo o país. Espere: as iniciais exatas me escapam... trata-se de uma instituição encarregada do planejamento urbano... sim, é isso... e reservada à corte: aí só admitem os da Politécnica e da Escola Nacional de Administração. Mas Jean entrou ali sem nenhum desses títulos...

– Para que cargo, a senhora estava dizendo...

– Ele fez diversas coisas sucessivamente. Em dado momento, seu papel era o de atrair investimentos estrangeiros para a França. O senhor imagina? Por meio disso, ele conhecia também o mundo inteiro. Em seguida, se ocupou, creio eu... sim, da reestruturação industrial, das zonas afetadas por sinistros, enfim, não sei. Meu próprio marido ocupava um cargo importante. E, no entanto, ele era como eu: assistíamos maravilhados e vagamente inquietos a essa ascensão fulgurante.

– E sua filha?

– Ela estava encantada. Um dia, chegou em casa me dizendo: "Mamãe, preciso de uma tiara para hoje à noite". Apesar de seus vencimentos confortáveis e amplamente suficientes, ela me pedia emprestado uma porção de vestidos, casacos, sapatos... nós tínhamos o mesmo tamanho. Eles saíam o tempo todo. Viajavam por toda parte...

Ela abaixa um pouco a voz:

– ... aliás, sempre como convidados.

– A que a senhora atribui esse sucesso?

– Creio que nessa época ele fez amizade com um político de posição muito alta... muito próximo do presidente. Esse personagem tornou-se, de certa maneira, o patrão de Jean. A partir desse momento, meu genro o acompanhou por toda parte: na administração sobre a qual lhe falo, depois na CAF, finalmente num gabinete ministerial.

– O que significa essa sigla?

– A companhia de seguros para a qual ele havia sido nomeado secretário-geral. Essas companhias abarcam quantias enormes de dinheiro investido com frequência no mercado imobiliário. E foi assim que Jean conheceu toda a Paris dos negócios.

– A senhora ainda não me disse nada sobre a atividade política dele.

– Foi então que ele entrou para o Partido Social, pouco depois de ter conhecido minha filha. Faço questão de lhe dizer que esse partido em nada se assemelhava ao de meu sogro ou de meu marido... àquele do qual eu havia até mesmo aderido em minha juventude. Nós o chamamos de "democracia caviar"! Ocupavam-se mais de negócios do que de ideologia. Meu marido e eu ficamos muito felizes com o sucesso de meu genro, aliás, de minha filha também: ela própria ocupava uma função num gabinete ministerial. E, no entanto, estávamos um pouco constrangidos diante de todo esse luxo, essas festas e esses banquetes constantes. Não é... aí, é preciso que eu lhe diga... não é que pensei, por um instante sequer, que meu genro tenha sido desonesto. Ao contrário! Jean era uma pessoa muito direita, e à sua maneira, muito rigoroso, severo. Enfim, os dois estavam em ótima situação, mas viviam na ostentação, não eram ricos: gastavam tudo o que ganhavam. Até tomaram dinheiro emprestado. Nossa relutância era apenas a esses convites que se sucediam toda semana, toda noite... Mas suponho que o sistema inteiro da alta administração funcione assim.

– E politicamente...

– Ah, sim! Além de suas atividades profissionais, ele continuou a se ocupar de seu partido. Um ministro ou a esposa... a esposa, creio eu, fundou um grupo de estudos e Jean aí ingressou, depois de seu chefe, naturalmente. Nessas reuniões de gente muito importante, eles trocavam certamente ideias sobre os grandes problemas do momento, como se diz. Imagino que era igualmente um centro mais ou menos oculto de decisões e de intrigas de todos os tipos. Lá deviam fazer e desfazer os governos, as carreiras. Foi lá também, sem dúvida, que à força de conviver com as eminências pardas do regime, ou um de seus clãs, meu genro deles recebeu essa missão funesta...

Ela hesita. Considera-me com suspeita, como se caso perguntasse se o indivíduo que conheceu há pouco mais de uma hora e com o qual toma chá em um café imundo pode tornar-se, de repente, o confidente do segredo mais pesado.

Um silêncio interminável estabeleceu-se entre nós. Lá fora, a noite estava chegando. Era fim de expediente. Clientes de aspecto miserável buscavam refúgio no café, que acendia agora um horrível néon. Esparramados no bar, tratavam o garçom por você, pigarreando, exagerando no sotaque dito "parisiense", repetindo ou comentando histórias ouvidas havia pouco na televisão. Reuniões estranhas nos bistrôs de Paris, onde cada um só vem para fugir de sua solidão. Mais um copo, para voltar para casa o mais tarde possível!

– Que missão era essa?

Ela embaralha um pouco as frases:

– Bem, é... não sei. Alguma coisa como tesoureiro, o tesoureiro... como dizer?... não oficial do partido.

Aí está!

– Contudo – acrescenta logo ela –, ignoro tudo a respeito dessas práticas. Devia tratar-se da coleta de fundos para as eleições. Seria preciso o senhor falar com alguém que esteja mais informado do que eu.

– Sua filha!

– Minha filha?

– Mas é claro!

– Ah, duvido que ela aceite.

– Convença-a!

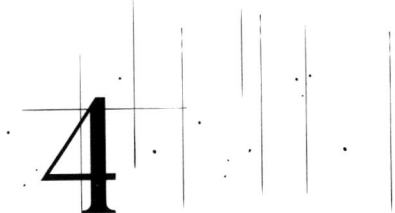

4

Quando volto para casa, depois de ter sido chacoalhado durante mais de uma hora nos metrôs e trens de subúrbio superlotados, jogo-me sobre o sofá e preciso de pelo menos quinze minutos para me recuperar. Às vezes cochilo. Deve ter sido isso o que aconteceu.

– Uma mulher lhe telefonou.

Natacha aparece da sala ao lado.

– Ahn? Quando?

– Um pouco antes de você chegar.

– Ela disse o nome?

– Marie. Você agora conhece mulheres a quem trata pelo nome? Quem é essa Marie?

Acordo completamente.

– É a sogra do sujeito que foi liquidado.

– O caso que você está investigando? O que ela quer com você?

– Espere, vou descobrir.

Telefono de volta.

– Michel...

A voz tem algo de vitorioso.
– Minha filha aceita... É possível amanhã, o senhor virá?
– Em sua casa? Não... no ponto de táxi da Rua Soufflot. Obrigado.

Natacha é russa, isto é, de origem russa. É engraçado: todas as russas se chamam Natacha. Eu me pergunto como pode funcionar um país onde todas as mulheres têm o mesmo nome. Que confusão! Por um lado, pode-se imaginar que essa situação atrapalhada apresente certas vantagens. Quando um sujeito começa a sonhar alto, à noite, e sussurra: "Natacha, minha querida", sua companheira de cama não precisa se aborrecer. Ela recebe o cumprimento como pessoal. Quantos dramas evitados!
Talvez, afinal, nós sejamos todos assim. Talvez em nossa existência noturna só chamemos sempre uma única mulher.
Natacha e eu vivemos juntos há quase dois anos. Lembro-me do nosso primeiro encontro. Eu prosseguia em minha reabilitação física numa dessas imensas praias do Norte, totalmente desertas nessa estação. O vento varria a extensão de areia, levantando uma poeira que bombardeava a gente como uma metralhadora, chegando, às vezes, até a altura dos olhos. Toda manhã, ao deixar a cidadezinha, eu admirava o mesmo espetáculo. O mar era apenas uma faixa estreita entre a imensidão da praia e do céu instável. Por mais longe que ele se retirasse, seu tumulto chegava até a mim, preenchendo todo o espaço de ininterrupto ressoar.
Eu saltitava sobre a areia, apoiando-me na bengala para poupar minha perna ferida. Dirigia-me para a margem,

contornando essas grandes poças d'água que a maré deixa ao se retirar e que os moradores chamam de "piscinas". Em volta delas, o solo era mais firme e a caminhada mais fácil. Então eu a via. Não era mais aquela lâmina de água pálida, percebida de longe e da qual me chegava apenas o tumulto ensurdecedor. Sua massa enorme e recortada me tirava do prumo. De todos os pontos do horizonte se precipitavam cristas de ondas sem conta. Abandonando os montes de espuma, inchavam, dispunham suas arquiteturas móveis como imensas paralelas, que conservavam a distância, enquanto elas se aproximavam ameaçadoras. Da linha do céu até aquela que traçava ao longo da praia, o desabar fosforescente de suas colunas de água viva, tudo avançava ao mesmo tempo, tudo vinha em minha direção. Era como se do fundo do oceano um poder sem limites fizesse jorrar a onda ininterrupta de ressacas de cor e sombra que batiam na praia. Mas atrás delas, sem cessar, outras se levantavam, e mais outras, de tal maneira que não eram essas formas eternamente desfeitas e se reformando sempre, com seus contornos efêmeros, que se precipitavam sobre mim, era o próprio movimento de sua chegada incansável, era a potência de onde provinham que queria me tomar com ela e me engolir em sua alegria.

Quando, aturdido pelo vendaval, não aguentava mais suportar os golpes de vento, refugiava-me nas dunas. Foi lá que eu a notei pela primeira vez, uma espécie de coisa negra, pousada de maneira insólita no meio da areia. De longe, pensei que fosse um tonel de piche, projetado pelo mar; em seguida, um tronco de árvore escurecido e coberto de algas, semelhante a algum animal misterioso. Uma mulher muito jovem estava ocupada com a leitura, indiferente a tudo o que a rodeava. Sempre achei que a leitura se faz em lugar silencioso e isolado – como nos quadros holandeses, vê-se a leitora de Janssen ou a mãe de Rembrandt, a mão pousada sobre o Grande Livro, o olhar perdido ao longe, meditar em meio à luz declinante de uma tarde de domingo que não findará jamais.

Mas não: ela lia em meio à borrasca, os olhos protegidos por óculos escurecidos pelos grãos de areia que as gramíneas não conseguiam fixar. Eu me havia instalado ao abrigo de um montículo que ficava de frente para aquele onde ela tinha tomado lugar. Lancei um olhar circular: estávamos sós, no meio daquela imensidão abandonada aos elementos. Eu saboreava esse instante. Queria poder lhe dizer, também eu: "Pare! Você é tão linda!"

Quando ela fez uma pausa, eu me aproximei.

– Eu a admiro: como consegue se concentrar em meio a esta tempestade? Tenho a impressão de me dissolver em seu furor.

– É que – diz ela lentamente – leio um livro que diz respeito à minha enfermidade.

– Está aqui em um centro de reabilitação... como eu?

– Você está doente também?

– Oh... doente é dizer muito. Fui ferido na perna, estou aqui para reeducação funcional, nada de muito grave.

Ela sorri.

– É verdade; as doenças do corpo, quando não são mortais, são pouca coisa. As da alma – não sei se ela havia pronunciado essa palavra com ironia – são mais desagradáveis. A gente anda em círculos e não consegue sair disso.

Não ousei questioná-la mais. Em seguida arrisquei:

– Por que não se curariam também as doenças da alma? Como elas coincidem conosco, de certa maneira, nosso poder é maior.

– Eu também me dizia isso, mas... contra a depressão, não há nada a fazer. Ela se nutre dela mesma e renasce sem cessar. Nem os outros podem com ela.

– Você faz psicanálise?

– Interrompi durante algumas semanas para vir repousar aqui. Aquilo não estava mais funcionando.

Ela havia retirado os óculos. Tem imensos olhos acima de maçãs do rosto bem marcadas. Foi nesse momento que achei que ela vinha da Rússia, ou de mais longe. Como conservei o silêncio, ela me olhou com ansiedade.

– Você não acredita nesses tratamentos?

– Eu sou psicanalista, mas não exerço a profissão.

– E por quê?

– Todo homem é um psicanalista, mas só é suscetível a tratar de uma única pessoa. Por essa razão, deve esperar encontrar o ser único que ele tem o dom de curar, para estender seu poder. Então sua ação é fulgurante. O paciente fica imediatamente curado.

Ela cai na risada, ao mesmo tempo me encarando de lado.

– Você, hein?

– A prova disso é que os outros, aqueles que analisam todo mundo e qualquer pessoa muito bem, nunca curam ninguém. Em certo sentido, isso é bom para eles. A sua fonte de renda não se esgota jamais. Mas que resultado insignificante! Ou, melhor dizendo, que patifaria!

– Exagero seu.

– Não. Eles até inventaram de transformar cada um de seus doentes em um futuro psicanalista. Por conseguinte, estes precisam de uma psicanálise suplementar, didática, o que se transforma em mais dez anos!

Eu a observei, enquanto ela franzia levemente os lábios.

– O resultado é uma sociedade bastante particular. Os doentes se tornaram os cuidadores ou, se preferir, os cuidadores são todos doentes. Um mundo extremamente perigoso... Vejo que você também ama a leitura. Talvez já tenha lido Nietzsche?

Ela faz sinal que não.

– Muito bem, Nietzsche compreendeu que os doentes são contagiosos, mesmo quando se tornam médicos ou se fazem passar por tal! É preciso fugir deles a qualquer preço, eles contaminam todos aqueles que se aproximam. Sua doença se espalha por toda parte. Eles vão aniquilar o mundo!

Ela cai na risada novamente.

– E qual é o seu método para curar para sempre?

– Já lhe disse: esperar encontrar a única pessoa para a qual eu detenho esse poder e que será livrada do seu mal apenas pelo meu contato.

Ela continua a rir.

– E já a encontrou?

Como os de um gato sob uma luz muito forte, seus olhos, que fixo sem pestanejar, se reduzem a uma fenda.

– Eu a curarei.

Ela parece de repente cheia de energia.

– Presunçoso! Então – prossegue ela –, por que você não cura a si próprio? Sua perna...

– Impossível: não se trata de uma doença, um simples acidente.

– Ah, e como é que isso lhe aconteceu?

– Fazendo turismo. Salto de paraquedas. Eu saltava, abaixo havia uns sujeitos que se exercitavam no tiro de carabina. Fui atingido por uma bala na coxa. Um desajeitado. Só existem desajeitados que atingem o alvo.

Sou eu quem ri. Inclino-me sobre ela.

– Escute, vou lhe contar uma história. Não faz muitos anos, eu estava nesta praia... um pouco mais longe. Éramos um bando de colegas, adolescentes. Havia um, nós o chamávamos Georget, que tinha um fuzil. Ele atirava em gaivotas com a intenção de comê-las, porque, dizia ele, cozidas tempo suficiente, ficam deliciosas. Isso não passou para categoria dos alimentos artificiais. Felizmente para esses gentis animaizinhos, ele errava todos os dias. Salvo uma vez. Ele havia partido no barco dos pais, num mar muito agitado. Da margem, nós acompanhávamos suas evoluções grotescas. O barco sacudia em todos os sentidos e, de pé na proa, Georget titubeava como um bêbado, seu fuzil mexendo da direita para a esquerda e as gaivotas ziguezagueando ao vento com toda rapidez possível. Ele atira e mata uma. Que série de acasos inacreditáveis teriam reunido aquelas duas trajetórias independentes? Morremos de rir. E ele voltou em nossa direção com sua gaivota, como se fosse a coisa mais normal. Quando me espatifei no chão nessa merda de lugar, no meio de sujeitos que continuavam a atirar em mim de todos os lados, pensei em Georget. Ainda rio até hoje.

– Eles não o atingiram mais?

– Não, eles miravam em mim e atiravam para os lados.

A maré subia. O vento redobrava. O sol havia desaparecido das nuvens escuras. Nós nos levantamos ao mesmo tempo. No caminho de volta, acentuei minha claudicação. Ela se viu obrigada a me propor ajuda. É extraordinário o calor de um corpo, quando à sua volta o mundo se faz mais duro, mal-humorado, ameaçador. Eu me apoiava sobre ela um pouco mais do que o necessário e usufruía silenciosamente o seu embaraço. Desde esse instante, compreendi isto: quanto mais eu representasse o ferido e doente, mais rapidamente ela se recuperaria da depressão.

A cura, na verdade, foi fulgurante. Pela manhã, ouvia Natacha cantarolar no banheiro. A canção só era interrompida enquanto escovava os dentes. Não foi mais ao psicanalista, apesar dos telefonemas dele alegando ser extremamente perigoso interromper uma análise antes de sua conclusão. Conclusão que, como se sabe, nunca acontece. Natacha divertia-se como uma louca. Assim foi o fechamento do grande debate terapêutico do século XX, nas risadas dessa moça que comecei a amar, quando compreendi que ela era a vida.

5

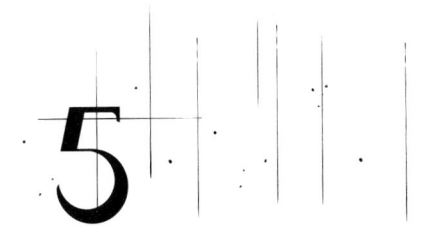

Todos os dias nos encontrávamos na praia. Se o vento diminuía, fazíamos um desses grandes passeios que nos conduziam até o ponto extremo, onde o mar se retirava. Em seguida, acompanhávamos a margem na direção de um horizonte inacessível. Às vezes um cabo cortava a praia. Quando a areia acabava, era preciso escalar rochedos e Natacha se via indefesa diante da minha mão que se prendia a seu braço, o peso de meu ombro, ou então do meu corpo inteiro, quando eu simulava uma queda. Às vezes eu me esfolava realmente. Ela lavava a ferida com água do mar, envolvendo-a com sua echarpe, apesar de meus protestos.

– Vamos voltar para a praia – decidia ela imperativamente.

Eu dissimulava atrás de um sorriso uma suposta dor, quando ela me lançava, de lado, um olhar desconfiado.

Quando a tempestade novamente se levantava – podíamos ouvi-la precipitar-se acima das ondas furiosas, antes de recebê-la bem no rosto –, íamos nos esconder nas cavidades das dunas, fechando deliciosamente os olhos, enquanto o vento uivava acima de nós, sem nos tocar. Ainda que fosse para ouvir melhor o som de nossas vozes, para melhor nos proteger também dos elementos, nós nos aproximávamos sem perceber. Era como se uma casa imaginária – uma dessas edificações abstratas que isolam os personagens sagrados nos retábulos místicos – nos tomasse sob sua proteção.

– E então, por que você está tão deprimida?

– Oh, é uma longa história...

– Estou sendo indiscreto?

– Não... bem, eu era dançarina, enfim queria tornar-me dançarina. Era muito jovem, quando comecei como figurante na Ópera. As pessoas pronunciam essa palavra com uma indulgência divertida. Se soubessem o que isso significa! Um trabalho escravo. Dez a doze horas por dia. Esforços que conseguem demolir você. Não apenas o ritmo é infernal, mas é preciso ir além de suas possibilidades, sem parar. É isso que se torna muito perigoso, muito ruim para a saúde. Submetida a tensões excessivas, as cartilagens começam a se degradar. Aquelas que têm essa profissão até os quarenta anos ficam completamente arruinadas, estão acabadas. Tente compreender – recomeçou –, solicitar do corpo o que ele não pode fazer, exigir sempre demais, não é natural.

– Você ultrapassou o limite da fadiga – digo-lhe. – Foi por essa razão que seu estado psicológico foi atingido e que...

– Não, eu aguentei o golpe. A partir daquele momento, eu compreendi que precisava tentar compensar, devolver ao corpo as substâncias que lhe haviam sido extorquidas indevidamente. Eu tinha uma alimentação muito sadia, composta de produtos naturais...

– Arroz integral...

– Não apenas arroz integral!

– Levedura de cerveja.

– Pode rir! Você não tem a menor ideia do ambiente. Não eram apenas as proezas atléticas, os exercícios sempre mais longos, sempre mais rápidos, a perna sempre mais alta, as pontas! Era preciso fazer melhor do que a colega, do que todas as colegas, ser a melhor. A competição, a competição obstinada! Todas as amizades se desfazem. Só há lugar para rivalidades. Cada um se regozija com o erro da colega. É terrível. As professoras são de uma dureza inimaginável. A maioria delas não teve sucesso como bailarina. De toda maneira, elas são velhas, você é jovem. Então elas se vingam inconscientemente. As vexações, observações desagradáveis. Passa-se por tudo. Tudo o que pode lhe desencorajar, é jogado à sua cara! Em resumo...

– Mas tudo isso acabou. Você abandonou a profissão?

– Foi mais ela que me abandonou.

– Em todo caso, é bom sair desse inferno, não?

Ela fica sonhadora.

– Sabe o que é... nesse inferno, como você diz, acabei tendo sucesso. Fiquei entre as melhores. E, depois, fui a melhor. Após ter-me agarrado durante meses, anos. Ao fim dessas tentativas persistentes, passou-se algo de extraordinário. Eu me senti transformada. Em vez de ser sempre ultrapassada pelas tarefas demasiado difíceis, sempre desajeitada, sempre atrasada, consegui dominar tudo isso. Eu completava os movimentos espontaneamente, de um só golpe, vivia do interior, deixava-me deslizar entre eles, coincidia com uma força que crescia dentro de mim e parecia me conduzir. Isso fluía de dentro, eu tinha uma espécie de excedente, uma reserva. Eu não me continha. Eu saltava. Tudo o que era difícil, tinha se tornado fácil. Tudo o que era penoso, havia se transformado em felicidade. A fadiga era como água fresca. E, é verdade, minha pele ficava perolada de gotas de orvalho. Era como se eu estivesse lavada. Tudo era simples. Tudo era conseguido.

Ela fez uma pausa, depois prosseguiu.

– Foi então que vieram as propostas de contratos mirabolantes. Não apenas em Paris. Americanos se deslocaram para me ver, com pacotes de dólares. Eu iniciava uma carreira internacional. Eu me superava, vivia, eu estava viva! E depois... o drama aconteceu, ele se derreteu sobre mim. Fiquei arrasada, aniquilada. Minha força sumiu de um só golpe. Como eu havia investido tudo naquilo, renunciando às saídas, ao prazer, à amizade, ao amor, como eu não era mais do que uma estrela em ascensão, já uma *superstar*, esse mundo insensato que eu construí com meu corpo e meu suor desmoronou. Perdi tudo. Eu não era mais nada... não estava apenas aniquilada, mas, como o sonho durava sempre, desesperada!

– O que aconteceu?

– Um acidente estúpido...

Algumas lágrimas rolaram pelas bochechas afundadas. Num átimo, descobri a fisionomia que ela teria na velhice.

– Um dia, após um ensaio que havia transcorrido à perfeição, eu me sentia esgotada, mas feliz. Havia empresários no fundo da sala. Depois que eles saíram, percebi que havia esquecido uma echarpe no palco. Voltei logo em seguida para procurá-la. Eu havia tirado minhas sapatilhas molhadas de suor. Eletricistas haviam passado, enquanto isso, e tinham deixado, bem no meio, um balde de pintura com um frasco quebrado de solvente, acho eu. Como estava escuro, não vi nada. Enfiei o pé no balde, sobre os fragmentos de vidro, caí, havia estilhaços por toda parte. Voltei para casa como pude, e depois de lavar o pé sem nenhuma outra precaução, deitei-me e dormi. Nos dias seguintes, a desgraça revelou-se pouco a pouco. Minhas feridas me faziam sofrer, mas a dor não era nada. Inchou primeiramente meu pé, em seguida minha perna, uma infecção se espalhava inexoravelmente. Pouco a pouco meus músculos ficaram paralisados e a infecção sempre aumentando. Os médicos não compreendiam nada. Eles prescreveram todos os tipos de antibióticos, nenhum resultado. Finalmente, decidiram me hospitalizar, e como no hospital a situação em vez de melhorar só piorava, as moças de quem eu pensava tanto mal, as professoras de balé e a própria diretora se cotizaram pra me ajudar. Decidiram me transferir para o Hospital Americano, porque se uma intervenção cirúrgica pudesse ainda me salvar, era lá que deveria ser feita.

Ela ficou pensativa por instantes, antes de comentar.

– Foi uma das coisas que me surpreenderam nessa sucessão de pesadelos. Ao longo da minha breve ascensão, a hostilidade de todas essas pessoas, em competição umas com as outras, só endureceu; eu via os sorrisos em torno de mim se congelarem, as raras palavras de felicitações que ouvia, soavam falsas. Quando, por acaso, eu conseguia algumas migalhas de uma conversa em relação a mim, era sempre algo como "ela se superestima demais"; ou ainda "é fogo de palha, ela não irá longe", e outras observações do gênero. No momento em que caí doente, ao contrário, e quando pareceu que o mal era sem remédio, minhas relações com as outras, ou melhor, as relações que elas tinham comigo mudaram inteiramente. Nunca havia encontrado solicitude semelhante. E não eram apenas palavras, eram ações, sacrifício de dinheiro. Será que nossa felicidade torna os outros maldosos, será que nossa infelicidade lhes faz tanto bem? O fato é que elas me ajudaram com todas as suas forças, a ponto de as formas dessa ajuda parecerem lhe dar uma energia nova. No Hospital Americano, fui muito bem acolhida. Os grandes médicos vieram e em seguida veio o cirurgião chefe. Muitos exames, cuidados, encorajamentos, sorrisos. O diagnóstico também chegou: amputação urgente da perna infectada, ao nível da virilha: aqui.

Natacha levantou-se e mostrou o local com a mão.

– Você se dá conta?

Levanto-me também. Percebemos que a tempestade se acalmou.

– Venha – ela me diz.

Ela se afasta em direção à praia. Após a areia fina, onde, entregue a mim mesmo, caminho com dificuldade, eis enfim a areia dura. Apesar de tudo, tenho dificuldade em acompanhá-la. Ela me faz sinal para ficar ali onde estou e, contornando uma poça bastante estreita, vai colocar-se do outro lado, defronte a mim.

A cobertura de nuvens se deslocou. Através da névoa que passa acima de nós, distinguem-se faixas de céu claro. No chão, faixas de raios de luz se deslocam a toda velocidade. Uma delas capta Natacha com seu raio.

É o instante em que, apoiando-se em uma das pontas, ela joga a outra perna no ar, na vertical – reta perfeita, traço fulgurante unindo a terra ao céu. E depois ela a traz lentamente de lado, reunindo-a à outra, as duas pontas absolutamente fixas no solo. Ela dá um grande salto, provavelmente um *grand jeté*, roda sobre si mesma como um pião, atravessa correndo a poça e vem jogar-se contra mim.

– Esta é a perna que eles queriam cortar.

Afasta-se logo, enquanto contemplo seus sapatos e *jeans* encharcados.

– Bem – digo –, é preciso secar tudo isso...

Ela recomeça os *grands jetés*, saltos e giros.

– Não é extraordinário, não é extraordinário?

De volta às nossas dunas, onde ela se desvencilha dos sapatos, meias e dobra a bainha da calça, eu lhe estendo minhas próprias coisas, que ela recusa obstinadamente. Tentamos secar as dela, esfregando-as na areia.

– O que foi que você respondeu aos médicos?

– Eu recusei. E eles diziam que eu iria morrer se não me deixasse operar imediatamente. Deixei o hospital. Voltei para o quarto que dividia com uma africana, desde minha chegada a Paris. Tratava-se, até aí, de um arranjo econômico. Quando ela me viu naquele estado, comportou-se como se fosse minha mãe. Em vez de tentar me persuadir a amputar a perna, ela mandou buscar em seu país uns medicamentos misteriosos, me alimentou com produtos naturais, senhor! Tudo isso com seus parcos recursos.

    Durante meses rastejei, literalmente, rastejei sem poder me manter de pé. Durante meses sorvi suas poções. Durante meses, minha perna continuou parada. As outras garotas vinham também com iogurtes, cereais... Minha africana me fazia aplicações de ervas moídas. Eu tomava remédios homeopáticos também, e até mesmo os remédios chineses que uma de nossas colegas comprava em seu bairro. Todos os medicamentos insólitos passaram por mim. Lentamente, minha perna foi voltando a funcionar. E por fim ficou curada para sempre. Você viu? No lugar de uma muleta, hein?

    – É maravilhoso – falei com sinceridade. – Mas então... você está definitivamente curada?

    – Infelizmente, quando minha perna ficou curada, fui eu quem caiu doente.

    – No entanto, esta perna... em vez de estar doente!

    – Ela não me servia mais para nada. Andar, quando se quer dançar! Minha vida já não tinha mais nenhum sentido. Sem dúvida errei ao colocar tudo no projeto de me tornar uma grande bailarina. Não era apenas por mim, mas, compreenda, conhecer criadores, compartilhar seus problemas, conversar com eles, assumir riscos, levar uma vida com exaltação em vez desta existência imbecil que não leva a lugar algum.

    – Você não pode mais dançar?

    – Oh, não! É impossível. Tenho sequelas. Não consigo levantar esta perna tão alto quanto a outra, nem tão depressa.

E tem a questão do ritmo; quando se deixou o topo, é impossível voltar a ele. Inclusive, não tenho mais vontade disso. É como se tudo aquilo pertencesse a um passado muito distante, do qual me separam diversas existências. É como se isso não tivesse acontecido comigo; como se eu fosse muito velha e olhasse tudo o que diz respeito à vida com indiferença.

– O que é que você faz agora?

– Vamos falar disso! Uma colega...

– Então você tem colegas!

– É verdade; desde que fiquei na miséria, eu lhe disse. Uma amiga me descolou um emprego. Um trampo lamentável, aliás.

– E isso consiste em...

– Ela é namorada de um professor do IES, então me fez entrar como secretária. Mas como eu não possuo nenhum diploma...

– O IES?

– Instituto de Estudos Superiores. É voltado para pesquisa.

– E o que eles pesquisam?

– Não sei. Nem eles. Um deles é um pouco menos idiota do que os outros, e me disse um dia: "Se soubéssemos o que procuramos, não haveria mais necessidade de procurar, não é mesmo?".

– Se entendi bem, não fazem muita coisa esses pesquisadores do IES.

– Absolutamente nada.

– Interessante isso. Você mesma, que é secretária deles, não tem nada a fazer nessas condições. É a vida de castelo.

— Nada disso! Esses senhores viajam. Congressos aqui e ali. Sem falar nas reuniões: acontecem o dia inteiro. Reuniões sindicais, comissões de todo tipo, especialistas e não especialistas, comissões para estabelecer os programas, para reclamar os créditos, reparti-los, comissões de recrutamento. Passamos o tempo nas agências de viagens para separar passagens, e a buscar outras. Fazemos fila durante horas nas embaixadas, para obter os vistos. Mantemos agendas para anotar as entrevistas, redirecioná-las, organizar outras. O telefone toca a cada trinta segundos. A cada dois minutos alguém distraído, que está na casa há vinte anos, pergunta onde estão os toaletes ou o elevador. À noite estamos exaustos. E nem uma ideia, nenhuma observação interessante. Unicamente pequenos detalhes materiais, cada um mais insignificante que o outro.

— Você falou de recrutamento. Isso me interessa. Como é que se entra nessa organização?

— Por nomeação.

— E como se é nomeado?

— Isso depende dos telefonemas da presidência.

— Da presidência do IES?

— Não!... da República. Ou então do ministério. Há gente dos ministérios, chefes de gabinete, etc., que desfilam o dia inteiro por lá.

— Você quer dizer que é um órgão voltado para a política?

— Todos eles são membros do Partido Social. Todas as decisões importantes procedem de uma hierarquia secreta. É assim que eles têm tanto crédito. Nós nos fazemos de idiotas, fazemos de conta que não enxergamos nada e não entendemos nada.

– Suas colegas de escritório, como são elas?

– São como eu, elas suportam. Esperam o fim do dia. Para falar a verdade, existem dois tipos. Aquelas que vivem com alguém... para essas a espera ainda tem um sentido. Elas esperam o momento de se mandarem, e se encontrarem com esse alguém. E então há as outras, as divorciadas, as velhas... essas são as que ficam mergulhadas em seus pensamentos, as que não esperam nada.

– Diga lá, você deve estar com os pés gelados. Corra até o mar, cuidando para não se encharcar novamente e vamos voltar.

Vejo sua silhueta diminuindo com uma rapidez estarrecedora. Ela corre a passos largos que são, às vezes, verdadeiros saltos. Distingo, se deslocando lá adiante, como um ponto negro na franja espumosa da margem, o que resta dela na imensidão do espaço. E depois, novamente, o ponto aumenta. Ela corre em grande velocidade, quase sem ar, para os braços que lhe estendo. E como da primeira vez, se afasta, vermelha de esforço, e sorri para mim.

As férias de Natacha terminam um pouco antes das minhas. Mas eu proponho voltar com ela.

– Onde você fica em Paris?

– Ahn... ainda não sei.

– Você não tem onde morar?

– Estou voltando da África.

– Não tem amigos?

– Não. Quer dizer, não sei mais onde eles estão.

É nosso último passeio, um pouco triste. Deixamos com dificuldade aquele lugar, o ruído ininterrupto do mar, a imensidão de suas praias onde nada impede a vista.

– Bem – diz Natacha –, você vem para minha casa. Mas por bem e com toda honradez, não é mesmo?

O bem e a honradez duraram 48 horas, o que é muito, se levarmos em conta as circunstâncias. Ela só tinha uma cama e eu dormia no chão, em meu saco de dormir de soldado – espetáculo difícil de suportar para uma alma ferida como a de Natacha.

– Aliás – eu lhe explicava –, onde está o bem, onde está a honra? Não residem eles nessa força invisível que nos lançou um para o outro, na praia onde ela se desencadeava?

6

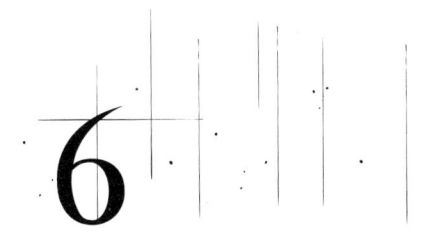

Natacha saiu sem me acordar. Neste caso, ela me deixa um bilhete sobre a mesa da cozinha. Leio:

"Fiz um suco de laranja para você, na geladeira. Tem o resto da torta de maçãs, torradas no guardanapo. Eu te adoro."

Sua teoria é que é preciso comer muito pela manhã, sobretudo quando se leva uma vida louca, como eu. Hoje, há também o cardápio do almoço. Só saio no início da tarde.

É um dia de inverno como eu gosto. Tempo parado, esta luz pálida, tão frágil, mesmo que pareça que vai perdurar para sempre. Mal se sente o sol.

***

Vejo-as chegar, a mãe e a filha, enfiadas em casacos de pele de acordo com o bairro. A filha é muito bonita. Eu lhes proponho irmos nos sentar no Jardim do Luxemburgo, apesar do frio. Contornamos o chafariz e escolhemos um banco exposto ao sol. Coloco-me entre as duas mulheres. Romper imediatamente o silêncio, a fim de evitar qualquer embaraço é a minha maneira de proceder.

— Agradeço por terem vindo. Perdoem-me por lhes evocar lembranças penosas. Sua mãe me disse que a senhora aceitaria responder às minhas perguntas...

— Gostaria mas... minha mãe lhe disse também... eu acho que é inútil voltar a esses acontecimentos. Tenho amigos excelentes. Conversamos longamente. Todos me aconselharam... é horrível, eu sei...

— O que lhe aconselharam?

— A não fazer queixa. É verdade, trata-se de um crime, e de um crime que nos atinge diretamente, a mim e a meus filhos. Mas... devo pensar neles, justamente. Na saída da missa do sepultamento de Jean, um de seus companheiros de classe me chamou de lado: "Não faça nada, é um crime político, uma questão muito grave, uma questão de Estado, não mexa com isso. Irei vê-la amanhã". No dia seguinte, sua mulher o acompanhava. A afeição deles por nós é real, e politicamente eles estão do outro lado. Compreenda, o conselho deles não poderia ser suspeito.

Ela faz uma pausa e vira-se lentamente para mim.

— Minha mãe me assegurou que poderíamos confiar no senhor. Esse amigo é encarregado da luta contra o terrorismo. Com sua mulher, eles levam uma existência pavorosa. Escondem-se sob nomes falsos, munidos de papéis falsos, separados de seus filhos. São obrigados a mudar constantemente de domicílio. Eles me disseram: "Vocês serão obrigados a viver como nós, em terror contínuo, em angústia. É impossível suportar essa clandestinidade por muito tempo. Seus filhos serão ameaçados, você também. Você sabe, um matador, isso não custa muito caro hoje em dia".

O sol roça nosso rosto. No silêncio do inverno, os ruídos têm uma ressonância breve e seca. Crianças brincam não longe de nós, sua bola vem parar em nossas pernas. Nós a jogamos de volta para eles, como sonâmbulos.

– A senhora não fez queixa?

– Não.

– Então, não houve inquérito... nem autópsia.

Sua fisionomia é muito dura, sua voz também:

– O senhor me considera uma covarde, talvez?

– De forma alguma.

– Se eu fosse só... mas com as crianças... eles já estão bastante traumatizados pela morte brutal do pai!

Observo o jato d'água que não cessa de saltar; seus reflexos e seus brilhos se espalham sobre a superfície levemente agitada. A meu lado, sinto que ela respira com dificuldade.

Ela retoma aquela voz que as mulheres têm pouco antes de desatar a chorar:

– Como já lhe disse, consultei muitos amigos, meus pais. De todos os lados, era a mesma resposta: nesse tipo de caso, uma investigação não teria nenhuma chance de sucesso. É preciso salvar o que pode sê-lo.

Digo-lhe suavemente:

– A senhora teve razão em não prestar queixa.

Ela me olha, espantada.

– O senhor pensa isso mesmo, o senhor também? Nesse caso, por que deseja me interrogar?

– É agora que se deve agir.

– Agir? Todo mundo repete: "Não faça nada, absolutamente nada. Qualquer passo se voltaria contra você".

– Mas... a senhora não enxerga o que está acontecendo, não vê o que eles estão fazendo? *Eles estão matando seu marido pela segunda vez!*

– O que quer dizer com isso?

– Seu marido foi assassinado. Transformam o homicídio deliberado em suicídio. Morrer assassinado ou se suicidar não é a mesma coisa, não é mesmo? O suicídio tem má reputação. Se a pessoa se mata, é porque foi aprisionada por uma situação inexplicável, sem saída... em uma situação na qual não se tem nem a força nem a coragem de enfrentar. Trata-se de um ato de fraqueza ou de covardia. É uma fuga. Ainda que não estejamos mais no tempo em que o fato de atentar contra a própria vida era um ato condenado sem apelo pela igreja... a ponto de os suicidas não terem o direito à sepultura religiosa... a conotação do suicídio continua muito pejorativa. No meio em que se movimentava seu marido, meio de dinheiro e de negócios, assim como da política, o suicídio levanta suspeitas de irregularidades, malversações, desonestidade... uma desonra. Enquanto que alguém assassinado, quaisquer que sejam as causas desse assassinato, é em primeiro lugar uma vítima, golpeada de imprevisto. A covardia aqui é do lado dos agressores, a desonestidade e a desonra também.

Ela chora suavemente. O ruído de seus soluços abafados se mistura ao do jato d'água, cuja voz aguda continua a elevar-se de forma imperturbável.

– A senhora fala de seus filhos. Imagina o que significa para eles ter um pai que se suicidou? Durante toda a vida e quando se tornarem adultos, mais do que nunca, isto será um peso muito duro de suportar. Ter um pai assassinado também é pesado... mas que diferença! Com uma vítima, todos os laços de confiança e de amor podem ser mantidos intactos, até exaltados. Já a imagem de um suicida...

Ela continua a chorar. Ponho minha mão sobre seu ombro.

– Está realmente começando a fazer frio. Vamos nos aquecer. Venham comigo.

Sua mãe se levanta ao mesmo tempo que nós, e nos deixa sob um vago pretexto. Compreendo que ela deseja deixar a filha livre para tomar suas decisões.

Christine Dutheuil me segue, enquanto eu me esforço para encontrar um café adequado. Com sua mãe, era possível entrar no primeiro bistrô que se encontrasse. Com aquela, habituada aos palácios, é melhor um lugar mais sofisticado. Encontro finalmente um hotel para americanos. Dirigimo-nos para o bar, deserto. Poltronas profundas, espaço, silêncio. Um garçom se aproxima.

– Eis o que convém fazer, eu acho.

Ela se recobrou, refaz o penteado, enxugou discretamente o canto dos olhos.

– E então?

– Estabelecer a verdade. Não gritar aos quatro ventos, exigir a abertura de uma investigação, procurar advogados, alertar os jornalistas, mas, ao contrário, declarar essa verdade em um documento confidencial. A senhora depositará um exemplar no seu tabelião, outro em seu cofre. Confiará dois ou três a pessoas absolutamente de confiança. Mais tarde, seus filhos escaparão ao insuportável enigma. A partir de agora, talvez... que idade têm eles?

— Bem, diz ela. Mas como estabelecer a verdade?

— A senhora vai me dizer tudo o que sabe. — Pego minha caderneta. — Fique tranquila, eu me comprometo a só escrever no documento final o que merecer sua aprovação. Quando o trabalho terminar, todos os exemplares lhe serão entregues. Quanto ao relatório destinado à minha agência, ele será, sem dúvida, muito sucinto. Eu o submeterei, igualmente, antes de comunicar ao diretor. Estamos de acordo?

Fingindo tomar seu silêncio por uma aquiescência, continuo.

— Gostaria de saber, em primeiro lugar, se a senhora havia pressentido, de alguma forma, o que iria acontecer. A senhora havia percebido o indício de algum perigo ameaçando seu marido?

— Absolutamente não. A surpresa foi total.

— Conte-me o que se passou no dia do crime, e nos dias que se seguiram.

— O dia do crime foi uma terça-feira... terça-feira, 24 de novembro. Saí de casa antes do meu marido. Ele devia comparecer pouco depois a uma reunião da CAF.

— Foi aí que um telefonema o fez abandonar a reunião...

— Isso mesmo. E eu, enquanto me encontrava em meu escritório, recebi no fim da manhã um chamado de sua secretária, avisando-me que ele voltaria tarde. Foi por isso que não me inquietei. À noite, acordei e ele ainda não estava lá. Pela manhã igualmente. Fiquei muito preocupada. Meu filho mais velho tinha uma prova naquele dia. Não querendo perturbá-lo, fiz de conta que esta ausência era prevista. Dirigi-me a meu escritório no ministério. Eu estava cada vez mais angustiada. Minha filha Claire, levemente adoentada, devia permanecer em casa. À tarde... era, portanto, tarde de quarta-feira, 25... eu lhe telefonei para assegurar-me de que ela estava bem. E também para saber se seu pai estava de volta. Ela me disse, então, que acabara de receber um telefonema de um inspetor de polícia de Noulhans, desejando falar com a senhora Dutheuil. Ele perguntou a minha filha se seus pais viviam bem!

"Do ministério, telefonei imediatamente ao inspetor, que havia deixado seu número de telefone. Ele me diz: 'Seu marido está morto. Não posso lhe informar as circunstâncias. É preciso que a senhora venha até Noulhans o mais breve possível', e desliga.

"Eu fiz intervir o gabinete. Passaram-me o mesmo inspetor. Desta vez, ele diz: 'Seu marido suicidou-se'.

"Eu fiquei perturbada, completamente em choque. Telefonei a um dos amigos de Jean, o Paul Saugard. Ele mesmo era adido do gabinete em outro ministério. Ele me disse para me acalmar, que iria se informar e me manter informada.

"Esperei sozinha em meu escritório. Finalmente, voltei para casa. Encontrei minha filha terrivelmente inquieta. Tive a impressão de que ela sabia de tudo. Nem minha filha, nem eu fomos capazes de engolir nada. Finalmente, o prefeito Saugard me telefonou e me propôs acompanhar-me até Noulhans na manhã seguinte. Pedi a um primo para vir até o apartamento tomar conta de meus filhos. Claire me lançou um olhar que não esquecerei jamais.

"No dia seguinte, Paul Saugard e eu partimos cedo. Em Noulhans, vamos direto à prefeitura. Somos recebidos por um secretário, em seguida pelo prefeito em pessoa, que vem imediatamente. Ele declara que Jean Dutheuil suicidou-se.

"Essa afirmação desferida pelo representante da autoridade de Estado recai sobre mim como uma guilhotina. Por instantes, só pensei que ela podia ser falsa. Muito afável e polido, cheio de cuidados para comigo, assim como em relação ao meu companheiro – além disso, seu colega – ele nos pede para ir até a delegacia de polícia para lá fazer uma declaração.

"Lá chegando, um inspetor nos atende. Compreendo que foi ele quem telefonou na véspera para a minha filha e com quem eu mesma falei, pouco depois, telefonando do ministério. Também ele é excepcionalmente amável para um policial, ainda que pouco loquaz. Ele repete que meu marido se suicidou em um hotel, o hotel Deux-Rives. Ele havia voltado na terça-feira à noite, por volta de nove e meia, e pedido para não ser incomodado. Foi a governanta quem descobriu seu corpo na manhã seguinte. O hotel chamou imediatamente a polícia, e foi ele – diz, inclinando-se levemente: inspetor Turpin, eu acho – que, acompanhado de dois colegas, dirigiu-se para o local.

Ele se virou para mim, um pouco embaraçado. "Perdão, senhora, devo dizer as coisas como elas são. O corpo de seu marido estava nu sobre a cama. Havia caixas vazias de soníferos à sua volta, pelo menos cinquenta! Enviamos o corpo para o necrotério, onde ele ainda se encontra. Ficará disponível – consulta o relógio – a partir das duas horas."

"Eu estava atordoada. O prefeito Saugard me disse então: 'Vamos ao necrotério'.

"O inspetor nos deu o endereço e declarou estar à nossa disposição o dia inteiro. Saímos de lá. Caminhamos pelas ruas de Noulhans como que hipnotizados, pelo menos eu. Meu companheiro quis que tomássemos um café.

"No necrotério, sentei-me novamente. Saugard falou com o diretor, bastante tempo. Finalmente, eles voltaram em minha direção. Seria melhor que eu não visse o corpo. Jean tinha tido um 'refluxo de sangue' e: 'A senhora compreende, é uma cena difícil de suportar... não, é preferível que a senhora seja poupada'.

"Sobre isso, Saugard telefonou ao prefeito. Eu recaí no estupor. Finalmente, percebi novamente a presença dos dois homens perto de mim. 'O que a senhora deseja fazer?', pergunta-me Saugard. 'Proponho...'

"Volto a mim completamente. 'Quero duas coisas: em primeiro lugar levar o corpo comigo para Paris; em segundo lugar que não se fale uma palavra sobre o suicídio. Que se fale de um ataque cardíaco.'

"Saugard voltou a telefonar ao prefeito. 'Está tudo certo', declarou. 'Trata-se de um ataque cardíaco'.

"Nesse momento, telefonaram da delegacia de polícia. O inspetor que nos havia recebido pela manhã tinha algo a me entregar: um livro – *O Vermelho e o Negro* – que havia sido encontrado sobre a cama, ao lado do cadáver. E uma mochila. Dentro da mochila havia a carteira de meu marido, um molho de chaves, um lenço e não sei mais o quê.

"Voltamos então ao necrotério para buscar o corpo de Jean. Novamente Saugard insistiu para que eu não estivesse presente no velório. Carregaram o caixão para dentro de um vagão. Subi no primeiro carro, enquanto o prefeito Saugard se despedia de mim. Ele devia seguir viagem e só voltar a Paris no início da semana.

"Vejamos, nós estávamos na quinta-feira. Voltei tarde a Paris, com o caixão, que os dois motoristas levaram para cima, no apartamento. Meus dois filhos estavam lá, com roupas de sair, de pé. Eles olharam para o caixão, nada disseram e foram dormir. Eu me prostrei, sem forças para abraçá-los."

Ela me olha, e seu olhar é o que ela devia ter naquela noite. Um olhar que nada vê...

Eu lhe sirvo chá.

– A senhora está muito cansada – lhe digo. – Poderá me contar o resto mais tarde.

Ela bebeu lentamente. Enquanto me preparo para acompanhá-la novamente, ela faz sinal que não. Levanta a cabeça e retoma seu relato.

– Na manhã seguinte, telefonei a meus pais: "Jean morreu de um ataque cardíaco. Foi encontrado em um hotel, onde havia se registrado na terça-feira à noite. Ninguém sabia onde ele estava".

"Enviei a mesma mensagem à família de Jean. Devo dizer que a família de meu marido manteve diante dessa questão uma atitude muito mais reservada do que a minha. O que não significa que eles tenham sofrido menos.

"Pouco depois, meus pais chegaram para me ajudar. Encomendamos as participações, tomamos as providências para as exéquias. A CAF anunciou a morte durante o dia. Todos os colaboradores de Jean ficaram sabendo naquele momento. À noite, logo depois que meus pais partiram, uma de minhas amigas de sempre, amiga de Jean igualmente, me telefona: ela soubera naquele momento por uma grande estação de rádio que um escândalo acabava de estourar, uma história de *call-girls*, e que um executivo dirigente da CAF suicidou-se. O nome de Jean Dutheuil foi pronunciado!

"Apelo para a ajuda de diversos de nossos parentes. Um deles telefona a um conselheiro do presidente. 'O que o senhor pode fazer para que se calem sobre o nome de Jean Dutheuil? Nada! Como assim? Só vejo uma coisa: intervir através de diferentes estações de rádio...'

"Começamos a telefonar para toda parte, e em seguida nos interrompemos. É um absurdo! Isso só serve para difundir mais rapidamente a notícia, para chamar a atenção sobre ela.

"No sábado pela manhã, digo a meus pais que Jean suicidou-se. Meu pai, arrasado, decide entrar em contato com aquele que era o verdadeiro chefe político de Jean e que ele conhecia bastante bem. Nenhuma resposta. Ele deixa uma mensagem. Jamais houve resposta.

"Aviso todo o restante das pessoas com quem nos relacionávamos e amigos, para enfatizar a tese do ataque cardíaco. Meus pais fazem o mesmo. Diversos membros da família de meus sogros também. Na segunda-feira pela manhã, nos dois maiores jornais de Paris, desenvolve-se em página inteira a notícia do escândalo das *call-girls* e do suicídio de um alto funcionário da CAF. O nome de meu marido não aparece. Contudo, na crônica necrológica do mesmo dia, o anúncio de seus funerais para a manhã seguinte figura em bom lugar!"

A indignação de minha interlocutora cede novamente ao abatimento.

– Tudo bem desta vez, – digo-lhe –, é preciso voltar para sua casa.

Paro um táxi.

– Terei perguntas a lhe fazer... quando a senhora estiver menos cansada.

Ela volta-se para mim com uma fisionomia desolada.

– Mas por quê... por quê?

– Para estabelecer que seu marido não se suicidou.

Sacudido pelo caos do trem, embrutecido pelo barulho, sufocado pela multidão, abalado pelo que acabo de ouvir, mergulho em uma espécie de estupor.

Na bruma da minha mente, surge uma evidência. Preciso encontrar Joyeux.

7

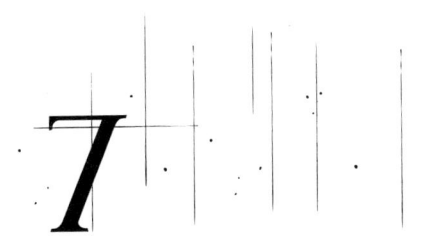

Joyeux é meu camarada. Sentamos juntos nos bancos do liceu Henri-IV e passeamos pelo Luxemburgo tardes inteiras. Estudantes, continuamos a nos encontrar, principalmente para paquerar.

Certo dia, percebemos em um banco perto da lagoa – talvez aquela perto da qual eu acabara de ter a conversa difícil com Christine Dutheuil e sua mãe – duas garotas encantadoras. Para falar a verdade, nunca tínhamos visto semelhantes. Elas eram muito jovens, mais adolescentes do que moças. Uma mulher em formação é terrivelmente excitante. Uma era loura, a outra morena. A loura, sobretudo, era extraordinária com seu rosto de porcelana, cujos traços, em razão da delicadeza, nos faz quase sofrer. Como é que a natureza conseguira criar uma perfeição semelhante?

Quando flertávamos juntos com os olhos, era sempre eu quem entabulava a conversa. Ele era o audacioso, como queria fazer acreditar. "Você vai direto", dizia ele, "é sempre o que vai que tem razão."

Na realidade, ele tinha medo, atrapalhava-se com o que falava, a ponto de se tornar desajeitado. Felizmente eu estava lá! Dessa vez, funcionava perfeitamente. Eu tinha as frases todas preparadas e as garotas começaram a rir como loucas. Se você as fizer rir, estão ganhas.

Ficamos juntos até fechar. A loura, devo dizer, olhava sobretudo para meu lado. No momento de nos deixarmos, separei-me com ela e marcamos um encontro, no qual era evidente que viríamos ambos. Joyeux ocupou-se da outra.

O que aconteceu ainda me enche de surpresa, quando penso nisso – e penso nisso toda vez que se trata de Joyeux.

– Você não se dá conta do que faz! Você não vai a esse encontro, vai?

– E por que não?

– Mas são meninas! Elas nem têm treze anos! Você não vai seduzir uma pirralha! Não tem a intenção de casar com ela, não? O que é que vai acontecer com a menina quando você se desinteressar dela? Ela vai ficar traumatizada pelo resto da vida! Você é maluco? Se fizer coisa semelhante, você será o último dos canalhas!

Quando nos separamos, eu estava convencido por essa ideia de renunciar a uma garota de treze anos, porque alguns anos atrás, realmente, isso não se fazia.

Anos mais tarde, após uma refeição em que havíamos bebido um pouco demais, Joyeux me conta que foi ao encontro. Ele tinha ido para a cama com a morena, e mais tarde com a loura. Amantes encantadoras, na verdade! Ele até pensou em casar com uma delas.

Como me mantive calado, ele me encarou e ficou preocupado.

– Você não ficou com raiva de mim, não?

Não contente de ter desvirginado as duas pirralhas, ele deve ter dormido com as duas ao mesmo tempo e explicado às duas como se fazia isso. É o grande truque que se usa com a inocência. Como na verdade ela nada sabe, pode ser levada a crer tudo o que se quiser. Todo mundo faz isso. É tão natural quanto comer e beber. A partir de uma certa idade, é até indispensável, caridoso. Experimentam-se emoções intensas, uma nova vida se inicia. Essa é mesmo a parte mais interessante, a que lhe confere um sentido. Garotas que não conhecem o amor são pequenas idiotas, todo mundo ri delas às escondidas.

E como esse discurso encontra diante dele um desejo pronto a despertar, a possibilidade de entrar nesse universo novo e misterioso se oferece ao espírito da adolescente com uma força incontrolável. A angústia se apodera dela. Desde que tenha uma coleguinha que já tenha conhecido essas maravilhosas experiências, o jogo está feito. A vertigem da possibilidade cresce, até aquele momento em que só há que se abandonar. É preciso, em todo caso, experimentar, saber em que consiste essa coisa extraordinária.

– Diga aí, você não está com raiva de mim, não? – continuava a esganiçar-se Joyeux com sua voz pastosa.

Continuei sem responder. Realmente, aquela garotinha havia me impressionado.

– Ei – dizia Joyeux –, não vai querer fazer disso um drama?!

Ele pretendia levar numa boa, mas sorria amarelo. Nós nos separamos um tanto secamente.

A partir daquele tempo, Joyeux nunca soube como se fazer perdoar por mim. Nunca mais falamos do incidente, mas em cada um de nossos encontros, eu via acender-se em seus olhos a mesma luz inquieta. Finalmente, ele passou a acumular com relação a mim gentilezas muito tocantes, vindas de um ogro como ele.

As gentilezas e os serviços. Ele me havia ajudado financeiramente muitas vezes, sem jamais aceitar reembolso. Quando voltei da África, tendo deixado os paraquedistas em razão do meu ferimento, e me encontrando na pindaíba, ele se desdobrou como um irmão. Eu acabara de conhecer Natacha, que me hospedava, me alimentava, me vestia, sem falar do resto. As mulheres, quando estão amando, dão tudo. Mas eu me dizia: um casal em que o homem não faz nada, isso não pode durar eternamente. Um belo dia, sem aviso, a mulher o manda embora. Como eu gostava de Natacha, mais do que teria preferido, procurei um trabalho.

Foi Joyeux quem me apresentou a esta agência deplorável. Ele tem, dei-me conta pouco a pouco, as qualidades de um policial digno de nota. Tendo escalado rapidamente os degraus para se tornar, ainda jovem, comissário, ele fazia parte dos serviços especiais, onde ocupa uma função da qual nunca pude perceber os detalhes exatos, mas que não deve ser nada. Ele é inigualável para fazer seu interlocutor acreditar nele, balançando a cabeça, pigarreando, dando a impressão de tudo saber sobre a questão, quando ignora absolutamente tudo. Ele me ensinou a avaliar as pessoas, a fazê-las falar. Dava-me conselhos sobre a utilidade dos esportes de combate, que praticávamos tanto. Para as armas, íamos treinar durante a semana nos recantos desertos da floresta de Fontainebleau. Organizávamos concursos épicos. Eu atirava melhor do que ele. E se alguma vez eu era superior em uma competência relacionada à sua profissão, ele reclamava como um bezerro. No entanto, era ele quem combinava essas competições valendo um banquete pago pelo perdedor – uma maneira, suponho, de mascarar sua generosidade.

Lembro-me de um lugar que descobrimos por acaso, e que conserva sempre para mim um caráter íntimo a despeito de sua imensidão. Era uma vasta clareira ocupada por uma lagoa, que um caminho de terra cortava ao meio. Quando fazia tempo ruim, a água se tornava negra e nós nos debruçávamos acima dela, para adivinhar, em sua profundidade inacessível, o segredo de nossas vidas. Mas não se distinguia nada além da fuga das nuvens sobre a superfície impenetrável. Voltei sozinho a esse lugar, em circunstâncias que ainda perturbam meu espírito. O que vale a amizade de um ente querido só se sente, às vezes, quando o dedo da morte pousa de imprevisto em seu ombro.

Essa amizade já se tinha revelado a mim pouco depois que Joyeux me fez entrar para a agência. Como eu estava com dificuldades durante uma investigação – as pessoas a quem interrogava me negavam o direito de fazer perguntas ou se recusavam simplesmente a responder – pedi a Joyeux uma carteira falsa de inspetor de polícia, que me permitisse confundir os recalcitrantes e atingir meus objetivos.

Meço melhor agora a enormidade do pedido. Joyeux nada respondeu, mas eu via sua expressão preocupada. Alguns dias mais tarde, ele me pediu fotos. Na semana seguinte, entregou-me a carteira.

— Só utilize o mais raramente possível. Você compreende, se isso for descoberto, minha carreira será destruída, e vou para a rua.

Tive, então, a revelação de sua incrível generosidade, e lágrimas me vieram aos olhos.

Joyeux é um ser complexo. De tal forma que não hesitaria em qualificá-lo de uma grandeza de alma que se reúne a um sentido bastante equivocado para as coisas equívocas. Tudo o que é suspeito, e por vergonha esforça-se por esconder das pessoas honestas, Joyeux percebe logo à primeira vista. Até parece que por algum dom inato e perverso do mal, seu olhar se dirige invariavelmente para o que é impróprio e falso. Pode-se reconhecer nesse dom a origem de sua vocação de policial. Mas me pergunto se nele se tratava apenas de desmascarar a perversidade – ou também observar o espetáculo e usufruir dele.

Certo dia, depois do encontro com aquelas duas ninfetas do Luxemburgo, estávamos descendo o bulevar Saint-Michel. Joyeux me indica então um dos últimos mictórios públicos que ainda restam sobre a calçada nessa época.

— Está vendo ali? – dizia-me ele.

Não observei nada de extraordinário.

— Não está vendo os pedaços de pão que estão colocados no local onde urinamos?

Eu não havia percebido.

– As pessoas jogam coisas em qualquer lugar! – disse eu, enojado.

Joyeux desata a rir e me dá um tapa no ombro.

– Você me fará sempre rir, meu caro. Os camaradas que remexem lá são chamados de "sopeiros". Eles colocam esses pedacinhos de pão para recolher a urina de seus semelhantes e absorvê-la em seguida lambendo os beiços. Você não sabia disso?

Realmente, eu não sabia.

Joyeux triunfava.

– Você não leu isso na *Crítica da Razão Pura*, hein? Veja você, essas grandes obras apresentam algumas lacunas.

Ríamos como garotos. A humanidade nos parecia constituída de cidadãos extraordinariamente distorcidos. Por mais que Joyeux se fizesse de esperto e aprendêssemos todos os dias um pouco mais sobre as inenarráveis perversões desses macacos superiores, no fundo de nós mesmos não chegávamos a compreender como era possível acontecerem coisas semelhantes.

8

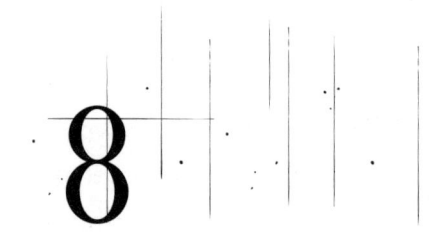

No dia seguinte ao meu encontro com Christine Dutheuil, telefono, pois, a Joyeux.

Em um bistrô tranquilo, exponho-lhe o caso. Como quando lhe havia pedido o famoso cartão, eu o vejo tornar-se sombrio.

– Negócio sujo! Fico perturbado com o fato de você se encarregar desse caso. Cuidado.

– O que é que você sabe?

– É o financiamento do Partido Social? Vou me informar.

Quando Joyeux informou-se (e talvez se perguntasse o que poderia me dizer – de maneira que eu não seja morto), eis mais ou menos o que me explicou:

– Jean Dutheuil é um dos tesoureiros secretos do Partido Social, talvez o principal. Tesoureiro não é, inclusive, a palavra exata. Dutheuil não se restringe a contabilizar e a organizar em seu livro-caixa o dinheiro que cai do céu. Esse dinheiro, é ele que vai procurar. A enorme rede de relações que veio tecendo há muito tempo nas variadas e altas funções que tem ocupado sucessivamente, ele colocou a serviço de seu partido. Ele vai emprestar dinheiro a todos os promotores e dirigentes de empresas que conhece em Paris ou em outro lugar, isto é, praticamente todos aqueles que existem. Sem falar dos diretores de companhias de seguros, de grandes bancos e outras máquinas de fazer dinheiro. Esses diversos dirigentes públicos ou privados lhe remetem as enormes somas de dinheiro que servirão para a eleição dos representantes do povo – dinheiro em troca do qual eles recuperarão somas muito mais consideráveis ainda, graças aos múltiplos mercados que lhes serão outorgados pelas graças do Estado.

– Como é feita a coleta das contribuições?

– Problema! Não há cheques, entende? O dinheiro é dado em notas. Isso faz pacotes volumosos! Ao fim de um banquete, o conteúdo de uma valise desliza discretamente para outra, e era seu Dutheuil que trazia tudo isso.

– Onde?

– Outra dificuldade! Esse dinheiro delicadamente subtraído do caixa das empresas, graças a um sistema de falsificação de notas fiscais e outros procedimentos do mesmo gênero, tornou-se dinheiro sujo. Percebeu? Grana cuja origem é inconfessável. Portanto, é preciso lavá-lo, como se fosse dinheiro da droga. Para isso, ele é enviado ao estrangeiro, de onde voltará sob a forma de honrados cheques, destinados a regulamentar diversas transações, reais ou fictícias.

– Era Dutheuil quem se encarregava dessas manipulações?

– Acho que sim.

– Como é que ele passava o dinheiro?

– Não havia passadores! – Joyeux ri abertamente. – Passadores de um gênero bastante particular. "Passadoras", se ouso dizer!

Creio compreender esse jogo de palavras duvidoso e desta vez rimos os dois.

– Havia, portanto, uma rede de *call-girls*. Essas damas elegantes dirigiam-se especialmente a Londres para fins de semana, com bagagens repletas de notas.

– Londres?

– É para lá que ia a grana... para um banco árabe, pouco interessado sobre a proveniência exata dos fundos que movimentava.

Ele hesita.

– Vou lhe explicar, mas segure a língua! Não saia por aí contando isso ao primeiro que aparecer. Não seria bom para sua saúde. Veja Dutheuil. Nesse banco transita também uma parte de dinheiro que serve ao tráfico de armas para o Oriente Médio. Você pode imaginar as somas? A propósito do Oriente Médio, você sabe que esses países estão entre os principais clientes do Ocidente. Suas delegações de compra se postam em Paris, e são recebidas você sabe como... Grandes restaurantes, caviar, champanhe, os *socialites* conhecem bem isso! E essas senhoras impropriamente chamadas de *call-girls*. Elas não chegam ao primeiro telefonema, imagine! É preciso que o chefe as convoque. Fazem com que os convidados acreditem que são mulheres do mundo, do grande mundo, atrizes, etc. O que, aliás, é verdade. Por cinco notinhas, elas estão todas prontas a se deitar. Os enviados dos príncipes do petróleo, depois que passam a noite com esse tipo de gatinha, se tomam por *don juans*. Os mercados são negociados mais facilmente no dia seguinte. Percebe?

Percebo. Servimos mais alguns goles de Borgonha. Joyeux parece estar em forma. Vou descobrir um pouco mais.

– Diga lá, Joyeux, quando os jornais noticiaram o suicídio de Dutheuil, ao mesmo tempo do escândalo das *call-girls* e no mesmo contexto. Você não acha...

Joyeux joga-se novamente para trás na poltrona e emite um assovio de admiração:

– Trabalho de profissionais, meu velho! Profissionalismo de alto nível! Imagine, eles possuem uma rede de *call-girls* na gaveta há séculos. Também paga-se em espécie nesta República...

Não gosto quando Joyeux me dá aulas muito demoradas. Corto:

– Deixemos de lado as generalidades, pode ser? Eles matam Dutheuil na terça-feira. Em seguida, todas as pistas do crime são suprimidas, avisam a família chorosa e vagamente envergonhada sobre um "suicídio". É, portanto, do interesse da própria família que o caso seja abafado. A sugestão da senhora Dutheuil, o infarto, é aceita. O poder camuflou o crime em suicídio e agora é a família que deseja camuflar o que ela acredita ser um suicídio, em ataque cardíaco. Como você diz: isso é trabalho! Primeiro tempo, portanto. Execução perfeita.

"Segundo tempo: o anúncio da morte de Dutheuil. Sim, senhor, é preciso noticiar essa morte, e não apenas à família. Dutheuil não é qualquer um. Ele era conhecido não só pela classe política, mas também pelo mundo dos negócios.

O cenário foi previsto para tornar esse anúncio público, não é? Suicídio! Suicídio! Nada de ataque cardíaco, mais ou menos convincente, que pode ser desmentido por uma autópsia! Para encerrar o assunto de uma vez, para ameaçar a família definitivamente e para que ela fique quieta, eles previram o negócio, o negócio infalível: o escândalo, o escândalo absoluto, as *call-girls*. E você leu nos jornais como eu: *o cadáver estava nu!*... É isso, Joyeux?

Joyeux se inclina para mim e me bate amigavelmente na nuca, como tem o costume de fazer, quando quer fazer pouco de mim.

– Você entendeu, irmãozinho. Você compreende rápido...
– Mesmo assim, há alguma coisa que não percebo bem.
– Espere! Você disse: "Primeiro tempo, segundo tempo". Isso me lembra Henri-IV, quando o professor lia suas superdissertações de filosofia: um modelo! E nós, como imbecis, o admirávamos! Se me permite, vou acrescentar um terceiro ponto a seu lero-lero para virgens. Está acompanhando?

"Terceiro tempo: você vai calar a boca. Nada de passear no meio de gente que está mergulhada nesse negócio, dando a impressão de que você está a par de tudo. Você passa rente e desaparece. Tudo o que eu lhe disse só serve para uma coisa: não falar nada sobre isso.

"Depois, eu não queria lhe ofender, irmãozinho, mas o que você tão brilhantemente expôs não corresponde a grande coisa. Você dá a impressão de acreditar que a organização desse assassinato vem de um plano minuciosamente estabelecido. Um sistema de relojoaria cujas engrenagens – executores e organizadores – funcionam em perfeita harmonia. Em primeiro lugar, você imagina que o negócio foi programado há muito tempo com antecedência. Prefiro pensar que o homicídio foi decidido bruscamente – e executado da mesma forma. De qualquer maneira, ponha isso na cabeça. Em um golpe desse tipo, as pessoas que fazem o serviço não sabem para quem trabalham, nem a razão. Receberam instruções para realizar um certo número de ações e só. O verdadeiro chefe não está no lugar. Os que estão no lugar não sabem de quem o cara que os chefia recebeu as ordens de executar a tarefa. A questão é completamente fragmentada, percebe? E, por conseguinte, completamente bloqueada. Impossível remontar um setor. Existe uma porta blindada a cada estágio."

– No entanto, a imprensa...

– A imprensa?

– Ora, ela foi longe, não? Foi isso mesmo o que me chamou a atenção. Que a questão das *call-girls* saia ao mesmo tempo em que o anúncio do suicídio, já é estranho. Isso denota senão um programa, pelo menos uma aptidão pouco banal para utilizar imediatamente um escândalo para esconder outro. Agora, que esse negócio das *call-girls* seja de imediato retomado e noticiado pela mídia, lançado para os leitores e outros telespectadores ao mesmo tempo em que o dito suicídio, isso supõe pelo menos uma visão de conjunto!

– Veja, é que os setores que organizaram o crime camuflado em suicídio são totalmente independentes daqueles que sopraram aos jornais seu furo de segunda-feira. Mas *os que decidem são os mesmos.*

— Quem são?

— Não é preciso que eu desenhe para você. Existem dois centros de decisão neste país: eles carregam os dois nomes de palácio ou câmara.

— Bem. Continuo com meu problema pessoal. Estou encarregado de fazer uma investigação. Terei de entregar um relatório em algum momento.

— Não se preocupe, irmãozinho. Quanto menos você souber, menos você dirá e mais lhe pagarão!

Volto pelo RER[1], em meio à zoeira geral e soporífera que me possui, estado em que geralmente me vêm as ideias. Mas dessa vez nada. O máximo que faço é pensar em Joyeux. Apesar dos maus modos que ele adquiriu no seu trabalho, é mesmo uma nobre alma. Como de hábito, as pessoas que lhe fizeram mal não o perdoam jamais; elas o odeiam a vida inteira. No entanto, Joyeux...

---

[1] Sigla de *Réseau Express Régional* [Rede Expressa Regional], rede ferroviária de Paris. (N. T.)

9

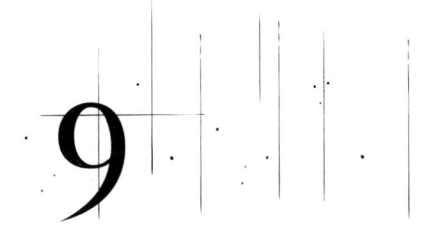

Passaram-se muitos dias. Na minha mente, passo e repasso todos os aspectos dessa história – pelo menos os que conheço, isto é, muito pouco. Dois pensamentos me preocupam: devo abandonar o caso, como me sugerem de todos os lados? Se, ao contrário, persisto em querer conhecer a verdade, para escondê-la quando encontrar, como avançar? O que fiquei sabendo, e que aliás já pressentia, é bem geral. Não sei nem por que mataram Dutheuil, nem como. Suponho no máximo que se trate de um homicídio e não de um suicídio. Mas mesmo sobre este ponto capital, não possuo nenhuma prova verdadeira. Há uma solução: dar a impressão de continuar a busca, de maneira que continuem a me pagar, tanto tempo quanto possível. Eis, finalmente, uma evidência de interesse intelectual e moral duvidosa!

Certa manhã, um telefonema me acorda. Natacha já saiu sem fazer ruído.

– Senhor Michel?

A voz é clara. Surpresa: é Christine Dutheuil. Ela deseja me ver.

Espero diante do cinco estrelas onde tomamos chá na semana passada. Ela chega, viva, elegante, com uma espécie de energia juvenil.

Encontrei um hotel parecido, um pouco mais longe. É melhor mudar o local de encontro.

Ela sorri. É a primeira vez que a vejo sorrir.

– Eu não lhe tinha dito... – ela começa.

– Bem que desconfiava que havia coisas que a senhora não me disse!

– Pois então – retoma –, eu decidi, sem dizer a ninguém... aliás, naquele momento eu ainda não o tinha conhecido... eu havia decidido solicitar uma entrevista com o juiz que instrui a questão das *call-girls*. O senhor sabe, aquela história que a imprensa publicou, ligando-a ao suicídio do meu marido.

– É verdade.

– Pois bem, ele me recebeu ontem. A conversa foi muito franca. Ele me deu a entender que tinha a intenção de ouvir meu marido, mas absolutamente não de inquiri-lo, como foi insinuado pela imprensa. Tratava-se de uma questão de pouca importância, inteiramente secundária. O juiz queria simplesmente lhe pedir esclarecimentos sobre um cheque que ele havia assinado, cheque de um montante muito pequeno, inclusive. Isso é tudo.

Percebo a alegria que sente minha interlocutora, ao me anunciar essa notícia. E essa alegria, essa alegria profunda, desproporcional com relação à simplicidade da questão, é a de salvaguardar a memória do marido.

Eu lhe digo isso.

Ela concorda. Deixa passar um momento, em seguida, acrescenta, olhos brilhantes:

— Existe algo muito mais importante! Como o suicídio de meu marido estava relacionado com essa questão das *call-girls*, o juiz ordenou um exame de sangue do corpo de meu marido.

Não consigo disfarçar minha emoção. A brusquidão de minha observação me espanta:

— E o resultado?

— Muito bem, o exame revelou que as substâncias contidas no sangue não poderiam tê-lo levado à morte. Não havia nenhum traço de barbitúricos! No máximo havia-se notado a presença de um herbicida, produto eminentemente suspeito, capaz de mascarar a ação de um veneno! O que o senhor diz disso?

— É a prova que buscávamos — murmurei embasbacado.

De repente algo me ocorre:

— A senhora tem em mãos o laudo?

— Não... o juiz não quis me entregar. É uma peça do processo, que não pode ser retirada. Pedi-lhe então se ele podia me permitir sua leitura. Ele o fez. Tomei nota dele.

Ela tira triunfalmente um papel de sua bolsa.

— Espere — digo-lhe.

Pego meu bloco de notas.

Ela decifra um texto que enumera alguns componentes químicos e conclui afirmando que nenhuma dessas substâncias poderia levar à morte — exceto um eventual veneno que teria sido dissimulado pelo herbicida.

— Ele recusou lhe confiar o documento?

— Categoricamente. Ele até mesmo recusou fazer uma fotocópia.

— Compreende-se perfeitamente o porquê! É absolutamente decisivo. Isso derruba todo o cenário deles.

Refletimos juntos sobre a mesma coisa. É uma experiência muito intensa.

— Temos a prova — digo-lhe —, e não a temos. Sabemos que seu marido não se suicidou, mas o documento que o demonstraria...

Nossa exaltação de um momento recai um pouco.

— Já é muito o fato de saber — retoma ela. — O senhor tem razão. Eu não queria fazer queixa e continuo não querendo, mas pela memória de meu marido, este documento seria essencial.

— A senhora me permite tentar obtê-lo?

— Certamente...

Extraordinário é o poder da verdade. Se ela surgisse, o mundo estaria mudado. Mas é dentro de nós mesmos que acontece o terremoto. Por ondas sucessivas que se afastam e voltam sobre si mesmas, como ondas superpostas, o abalo nos submerge. Ressoam em nós, longamente, suas sonoridades renovadas. Uma grande calma agora. Eu a percebo nela também, à nossa volta, no passo do atendente que enfim se aproxima.

Ela fala novamente. Sigo o movimento de seus lábios, o das sílabas invisíveis que caminham através do espaço que nos separa — antes de perceber, de repente, o sentido.

— O que foi?

Ela me explica que depois do estupor causado pela notícia da morte, a viagem a Noulhans, a emoção de seus filhos, o escândalo, a perseguição telefônica, amigos – depois de tudo isso, portanto, foi preciso voltar à realidade.

– Nós não possuíamos nenhuma reserva de dinheiro. Havia ainda providências a regularizar para o apartamento. Felizmente Jean havia feito um seguro de vida muito importante. Tive que constituir um dossiê, tomar todas as providências necessárias. Apesar do abatimento, meu pai me ajudou.

– Em que companhia o seguro de vida foi contratado?

– Na CAF...

Novamente os traços de seu rosto se imobilizam, a voz se torna mais dura.

– Foi aqui que apareceu o segundo grão de areia na máquina do suicídio... O senhor imagine que, para receber o seguro, é necessário um documento oficial sobre as causas da morte. Escrevi, portanto, à delegacia de polícia de Noulhans, para obter esse documento. E eis a resposta que recebi.

Ela tira uma folha da bolsa. Leio o papel diversas vezes, estupefato.

O documento certifica, segundo a análise usual, que a morte do corpo apresentado como sendo do senhor Jean Dutheuil se dera na noite do dia 24 de novembro. Seguem-se as causas da morte, o que cede lugar a um grande espaço branco cuja cor difere daquela do papel original, como se houvessem passado um apagador ou interposto uma máscara sobre uma fotocópia.

– Eis, portanto, um certificado estabelecendo as causas da morte e sobre o qual as causas não aparecem!

– É isso mesmo.

– O que fez a senhora?

– Após muito refletir, meu pai e eu juntamos esse documento ao dossiê para a companhia de seguros, tal e qual. Mas a CAF fez observar que ela estava incompleta e pediu outro documento. Reescrevi à delegacia e recebi de volta... isso!

Ela retira da bolsa uma segunda folha, estendendo-me.

Minha estupefação aumenta, se isso for possível. A segunda versão é semelhante à primeira, só que após o espaço em branco sobre as causas do falecimento, que cobre quase toda a página, aparece abaixo deste um aditivo certificando que o documento apresentado é exato.

Encaro Christine Dutheuil. Ela está pálida. Sinto a mesma palidez sobre meu próprio rosto.

– E então?

– Enviamos este segundo documento à CAF. Após uma semana de espera interminável, a companhia decidiu depositar o montante integral do seguro. É importante – acrescenta ela suavemente. – Só com meus vencimentos, eu não conseguiria honrar compromissos, as inúmeras contas a pagar. Não temos mais problemas materiais agora, podemos viver...

– A senhora acredita que eles lhe depositaram a soma espontaneamente, ou... por efeito de uma pressão qualquer?

– Não sei de nada. Uma semana se passou, como já lhe disse, entre o envio do segundo documento e a aprovação definitiva da companhia de seguros.

– Bem – digo eu –, temos agora a prova de que seu marido não se suicidou, mas que foi assassinado. A senhora deseja que prossigamos na investigação?

Ela hesita longamente.

— O senhor pode continuar suas investigações, se assim o quiser. Não desejo uma investigação oficial a qualquer preço, já lhe expliquei a razão... Essas revelações me esgotaram. Ela parece também muito cansada. Eu lhe proponho tomar mais alguma coisa.

— A senhora tem mais algum tempo livre?

— Sim, uma amiga toma conta de meus filhos.

Fiz sinal ao garçom. Por uma espécie de acordo tácito, conservamos ambos o silêncio. Acho que vou voltar tarde e que Natacha vai se preocupar novamente. A inquietação a torna agressiva. Peço à senhora Dutheuil permissão para telefonar.

— Sim — digo-lhe em seguida —, tenho perguntas a lhe fazer... Em Noulhans, os policiais lhe entregaram uma sacola com os pertences de seu marido. A senhora me disse que essa sacola não continha quase nada. Chaves, um lenço e a carteira de dinheiro.

— Justamente, na carteira havia o tíquete do estacionamento onde meu marido havia deixado o carro. Esse tíquete indicava 15h40. Foi, portanto, essa a hora da chegada. Os policiais disseram que ele entrou no hotel por volta de 21h30 e pediu para não ser incomodado. Entre 15h40 e 21h30, nada. Ninguém o viu. Ninguém foi capaz de dizer o que ele fez.

— Eles não procuraram saber isso?

— Não falaram nada.

— Quem disse que ele havia chegado ao hotel por volta de 21h30?

— Sempre o inspetor de polícia.

– O prefeito Saugard e a senhora mesma interrogaram a recepção no hotel?

– Não. Eu estava tão chocada... Acreditei em tudo o que me diziam.

– Bem. Encontraram seu marido nu sobre a cama, foi sempre o que afirmou o inspetor. Com cinquenta caixas de soníferos em volta dele! Mas onde estavam as roupas dele? Elas não foram devolvidas?

– Não.

– Isso foi comentado?

– Não.

– Ele tinha algum relógio?

Ela sai de um sonho.

– Seu relógio? Ah, sim. Não sei por que o relógio me veio à mente. Perguntei ao inspetor onde estava. Ele me respondeu: "Oh, senhora, nesses casos, há sempre objetos que desaparecem. Foi, sem dúvida, a arrumadeira que o pegou".

– Muito provável! – ironizo. – Uma arrumadeira que abre uma porta, encontra um homem nu morto sobre a cama tem mesmo a ideia de roubar seu relógio... E também as roupas, sem dúvida para dar de presente para o marido ou filho!

É incrível essa história de corpo nu e a ausência de roupas, os soníferos que não deixaram nenhum vestígio no sangue de Dutheuil, as cinquenta caixas vazias espalhadas pelo quarto, o laudo médico sobre as causas da morte que deixa de mencioná-las, o depósito de pagamento, mesmo assim, do prêmio do seguro de vida...

Viro-me para ela. Há uma espécie de apelo em seu olhar.

– Eu sei! Eu sei! Tudo isso é apenas uma encenação abominável.

Mas ela se contrai.

– Eu escolhi, não foi?

– Acalme-se, eu me conformarei com a sua vontade.

Saímos apressados. Tento confortá-la, conduzindo-a até um táxi.

10

São os documentos que me atormentam. O primeiro, uma estranha certidão sobre as causas do falecimento, que está conosco. Ela entrará no documento que Christine Dutheuil e eu combinamos constituir e que lhe será entregue ao fim desta investigação particular. Em seguida, ela fará dele o que quiser, é problema dela.

Mas o outro documento, a análise do sangue por um laboratório oficial, é mais importante ainda. Se o primeiro corresponde ao que se pode chamar uma suspeita grave, o segundo sozinho constitui uma prova irrefutável: a prova de que não houve suicídio e sim homicídio! E, além do mais, homicídio camuflado em suicídio. É tudo o que pede, no fundo, a senhora Dutheuil – e toda a família. Ora, esse documento existe. E nós sabemos onde. Enquanto passeamos ao longo do Sena, ele repousa bem comportado sobre uma prateleira, do outro lado de uma parede.

Obtê-lo por infração ou roubo, ou ainda subornando um empregado, nem pensar. Apenas a cúpula dos serviços especiais pode se permitir tal fantasia. E nem pensar em pedir a

Joyeux um serviço dessa ordem. Posso imaginar sua fúria. Estamos de mãos vazias. Lembro-me, justamente, de uma frase da senhora Dutheuil, citando ela mesma uma de suas amigas: "Não se luta contra tanques de mãos vazias!".

É um dia de inverno quase morno. Abri a janela do quarto. Um sol pálido e declinando penetra até o leito sobre o qual estou estendido. Por uma vez, estarei aqui quando Natacha voltar.

Quebro a cabeça. No fundo de minha memória, uma pequena chama vacila, como a luz noturna de uma igreja. A imagem de Adrienne se apresenta. Adrienne era uma moça alta e distinta que tinha o que se deve chamar de "valor moral". Reta, generosa, completa. Dou tudo, dizia ela, mas quero tudo. O que ela queria na época era casar comigo, não sei a razão. E eu, não queria, não sei a razão, tampouco. Ironia do destino: é sempre essa parte de nós que ignoramos, a despeito de nós, que escolhe o que é, na maioria das vezes, o contrário dos nossos interesses. Em linguagem vulgar, poderia dizer eu que não tinha vontade de ir para a cama com Adrienne, é isso. Mas por que, meu Deus, se ela era cem vezes melhor que todas aquelas com quem me encontrava nas ruas naquela época? Diversas vezes, desde então, pensei nela, sem que esse mistério me revelasse o segredo. Pobre virtude a do esforço intelectual!

Acontece, entretanto, que acabo de compreender a razão da imagem de Adrienne surgir hoje – e agora com uma nitidez extraordinária. Ela fazia biologia! Por um amigo em comum dessa época em que minha vida poderia ter tomado um rumo bem diferente, pois Adrienne teria me impedido de fazer todas as imbecilidades que marcaram um caminho do qual não sinto orgulho – interromper os estudos, me alistar nos paraquedistas, etc. – por esse amigo, pois, fiquei sabendo que Adrienne havia se tornado professora de biologia em uma universidade parisiense. Evidentemente, nos separamos em péssimos termos. Uma mulher que foi rejeitada com certeza lhe quer mal, mesmo que essa ruptura tenha sido independente da vontade dela e da sua.

Além disso, uma outra dificuldade me vem à mente: supondo que Adrienne aceite me ouvir, o que poderia ela fazer por mim? Eu tinha apenas esse pedacinho de papel com as substâncias encontradas no sangue de Dutheuil. Mas, nunca se sabe. Explorar todas as pistas, dizia Joyeux, é a força da polícia. É pela rotina que se encontra, etc.

No dia seguinte, dirijo-me a Jussieu. Penso de repente que, se ela estiver casada, não disporei de nenhum ponto de referência. Há uma multidão de estudantes, mais densa em volta dos quadros de avisos. Finalmente, consigo localizar o setor de biologia. Em um painel, descubro seu nome. Fico muito emocionado, muito surpreso também por sentir semelhante perturbação. Anoto o horário das aulas. Por sorte, há uma à tarde. O reencontro será difícil. Tomara que ela não me mande passear – por mais que minha decisão de revê-la parecerá imediatamente ser por interesse.

O anfiteatro está lotado. Iniciantes, tão jovens que podem ser tomados por colegiais. Ela fala com voz nítida, quase secamente. Existe um real prazer intelectual em escutar o desenrolar desses conceitos desconhecidos, essa terminologia estranha. De longe, a silhueta de Adrienne, que se levanta de vez em quando, parece esbelta como sempre. Sua fisionomia conservou um catáter um tanto frio.

Ao fim da aula, tenho dificuldade de abrir caminho até ela. Ela vai me escapar. Tenho que dar cotoveladas em alguns grupos de estudantes que me olham, espantados. Eles se dão tempo de rir e conversar e parecem não se apressar para nada. Admiro neles alguma coisa que perdi. Finalmente, estou ao lado dela.

Primeiramente, ela não me reconhece. Seu rosto muda bruscamente, mas ela não diz nada. Sou eu quem falo, com algum embaraço. Infelizmente ela tem pressa hoje. Todo o seu comportamento voluntariamente distante indica que ela não vê interesse neste reencontro.

– Tenho um serviço a lhe pedir.

Mudança de rumo: ela vai me escutar.

– E então?

– É um tanto confidencial. Há gente demais...

Ao mesmo tempo em que olha o relógio, ela me segue. Procuro nervosamente um lugar que convenha, com o sentimento de que cada minuto que passa arrisca a comprometer tudo. Finalmente, um bar. É preciso ir direto ao ponto.

– Estou encarregado de uma investigação. Trata-se de saber se um sujeito se suicidou ou se foi morto. Eis o que foi encontrado em seu sangue.

Ela dá uma olhada no papel que lhe estendo.

– Não, não se morre disso. Você deseja outra coisa?

– Hum... Este exame de sangue foi feito no laboratório da polícia de Paris. Será que sendo professora de biologia, você não poderia...

Ela me olha de um jeito, que me sinto totalmente desconfortável. Sua expressão modificou-se imperceptivelmente. À frieza mistura-se agora alguma coisa como, não diria desprezo, mas não está longe disso.

– Se você faz parte da polícia, nada o impede de ir informar-se você mesmo!

– Eu não faço parte da polícia. Trabalho para uma agência particular, que se ocupa também de problemas psicológicos...

Afasto qualquer explicação com um gesto.

– Não posso de maneira alguma ir à polícia, a esse laboratório.

Ela hesita.

– Tenho uma amiga que trabalha lá.

A terra acaba de tremer e finjo que não percebi o tremor.

– É mesmo?... É muito importante para o que busco.

– O que é que você está procurando exatamente?

– O laudo do exame.

– Não tenho a mínima ideia do que é possível ou não... Enfim, se você quiser, vou entrar em contato com minha amiga.

Ela se levanta. Eu pergunto seu telefone. Quando termino de escrever na minha caderneta o último número, ela já foi embora.

Os cais estão mergulhados na bruma, alguns dias mais tarde, quando nos reencontramos na hora do almoço. Os locais do laboratório estão desertos. A amiga de Adrienne preferiu nos receber nesse momento. É uma mulher bem jovem, cabeça e óculos redondos, cuja acolhida é perfeitamente cordial. É evidente que ela ignora a natureza de minhas relações com Adrienne, que expõe claramente o problema. Sua amiga está a par.

– Lembro-me desse caso. O exame foi pedido por carta precatória. Compreendemos que se tratava de um homem morto em condições suspeitas. Desejava-se saber se o sangue continha substâncias que poderiam ter provocado a morte. Guardo essa análise na memória. Fui eu quem a fez.

Para minha grande surpresa, ela nos dá os resultados de memória e cita um certo número de produtos, cujos nomes figuram sobre o meu pedacinho de papel.

– Pode-se morrer disso?

– De jeito nenhum.

– A polícia alegou ter encontrado em volta do corpo cinquenta caixas de um sonífero chamado "Noite de sonho", vendido livremente nas farmácias. A absorção desses comprimidos poderia provocar o falecimento?

– Não mais do que o resto. É muito mais difícil do que se pensa geralmente, matar-se com barbitúricos. É preciso engolir a dose exata. Se não for suficiente, não mata. Se for demais, também não. O estômago não suporta essa dose maciça e a rejeita. Com produtos tão fracos como esse "Noite de sonho", a rejeição se teria produzido bem antes de colocar em perigo a vida de um organismo. De toda forma, nenhuma substância correspondente à absorção de tais medicamentos foi descoberta no sangue.

– Então, ele não havia tomado isso.

– Não.

— Para dissuadir a mulher de ver o cadáver de seu marido, a polícia falou de um "refluxo de sangue", que teria tornado a fisionomia do morto irreconhecível. "É preciso poupá-la disso...", eles teriam sugerido. "Seria uma lembrança insuportável."

As duas riem.

— Um refluxo de sangue? Isso não existe. Quanto a um rosto desfigurado, enrubescido, esse estado de coisas só pode resultar de uma hemorragia interna ou de um traumatismo externo; jamais da absorção de soníferos.

— Trata-se, portanto, de uma encenação. Todas as explicações fornecidas formam uma trama de mentiras.

As duas mulheres se mantêm em silêncio.

— Ainda tenho uma pergunta, se você me permite. O juiz que ordenou esse exame de sangue disse à esposa do defunto que o herbicida poderia ter funcionado como uma tela e escondido outra substância que, ela sim, teria levado à morte.

— Exatamente.

— Qual seria essa outra substância?

— É inteiramente impossível dizer. O papel da tela é justamente afastar toda resposta a uma pergunta desse tipo.

— Compreendo. A partir do estado do sangue, não se pode descobrir a natureza do produto mortal. Mas procedendo no sentido inverso, se ouso dizer, qual o veneno a escolher, para provocar uma morte súbita e mascarar de imediato a presença do veneno pelo herbicida?

— Muitas preparações seriam convenientes, o mais provável seria um coquetel de preparações diversas.

— Você ouviu dizer que coquetéis desse tipo sejam utilizados... em casos muito particulares, evidentemente... pelos serviços secretos?

Ela me lança um olhar completamente vazio de expressão.

— Não possuo informações sobre esse assunto.

Se existe um lugar onde se deveria ficar sabendo dessas misturas, é exatamente num serviço como esse. Guardo para mim esse pensamento.

Agora, o momento difícil.

— Muito bem, eu faço... ahn... a família do morto, você compreende, gostaria imensamente de descartar definitivamente a hipótese de suicídio. É por isso que.... venho lhe perguntar se seria possível me conseguir o relatório dessa análise.

Ela parece surpresa. Retomo de imediato:

— Não o documento original, é claro, uma simples fotocópia. Poderia fazê-la aqui mesmo.

— É impossível, senhor, é totalmente fora do regulamento.

Insisto.

— Não se trata de um documento destinado a ser mostrado a quem quer que seja, para justificar, por exemplo, o pedido de abertura de um inquérito. A família não quer especificamente uma investigação. Esse documento teria uma utilização estritamente particular. Seria depositado em envelope lacrado em mãos de um tabelião, em testamento, o da senhora Dutheuil. Só poderia ser aberto depois de sua morte, a seus filhos. Ela tem dois filhos. É unicamente pela memória de seu pai...

— Sinto muito. Está fora de questão.

Se ela sente muito, eu estou simplesmente arrasado. Decididamente tudo está paralisado. Fico pensando que nem o juiz, quis entregar a cópia da análise à senhora Dutheuil.

– Seria possível, pelo menos, eu ler esse documento? Mais tarde, poderei testemunhar diante dos filhos o que vi.

Os filhos, os filhos! A memória do pai! Difícil recusar.

– Bem, vou buscar o dossiê. Você poderá consultá-lo.

Enquanto ela nos deixa a sós, lanço um olhar inquieto para Adrienne.

– Será que insisti demais?

– Não, você fez bem.

O tempo passa. Esperamos muito tempo, muito tempo mesmo, tempo demais. O silêncio se torna audível. Não há ninguém aqui, todos saíram para comer. E essa espera interminável.

Finalmente, ela volta. Não é exagerado dizer que sua fisionomia está descomposta.

– O documento desapareceu! Procurei por toda parte. Mas nada: alguém o retirou. Temos uma ordem de classificação rigorosa. Ele estava guardado no lugar certo. Não está mais lá.

Ela se senta diante da escrivaninha, coloca a cabeça entre as mãos. De repente, ela a levanta para mim. É quase um grito, ou uma súplica:

– Você acredita em mim pelo menos?

– Acredito totalmente, senhora. E lhe agradeço por ter me recebido. Não é surpreendente que os serviços especiais façam desaparecer o documento que prova o assassinato.

Agradeço de novo. Adrienne e eu saímos. Caminhamos em silêncio. A névoa ficou mais densa. Mal se enxergam algumas silhuetas. Acho que esse nevoeiro que nos impede de ver é também a única força que nos protege. Se eu tivesse obtido esse papel... Qualquer um que desejasse sair do nevoeiro, em uma questão dessas, levaria um tiro como uma lebre.

– Eu tinha receio de não encontrar seu nome na faculdade, caso você estivesse casada.

– Eu sou casada.

– Você é feliz?

Ela não responde.

– E você?

– Eu... acho que não consegui fazer o que eu queria na vida.

– O que é que você queria?

– Eu não sabia.

– E agora?

– Eu vislumbro.

Sua voz é mais amigável quando nos despedimos.

Eu me pergunto por que me sinto tão abatido. Será por ter revisto Adrienne, depois de tantos anos, o que me fez ficar triste? Será porque a prova, mais uma vez, nos escapou? A senhora Dutheuil também estará verdadeiramente decepcionada? Uma espécie de solidariedade estabeleceu-se entre nós. Em torno do documento sobre seu marido. Ou mais simplesmente porque lutamos juntos.

O que mais eu ainda poderia procurar? Ficou claro que não há mais grande coisa a esperar. Tudo está bloqueado.

E se eu fosse dar uma volta em Noulhans?

11

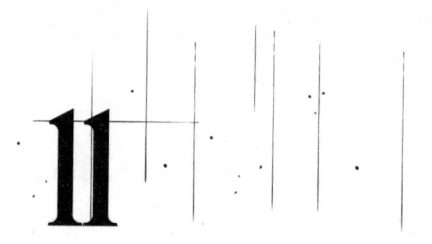

Quando saio da estação ferroviária, a cidade está mergulhada na bruma que vem do mar. As massas mais sombrias de nuvens passam rentes ao alto dos edifícios. Por um momento, parecem dirigíveis dispersos, depois a borrasca as retoma, elas desmaiam no céu, onde nada mais se distingue. Entre dois golpes mais violentos de ventania, mal adivinhamos por um instante as agulhas vertiginosas da catedral.

Tomo um táxi e peço para parar a cem metros do hotel. A chuva parou. A alvenaria de longe parece bastante lamentável. Não é o tipo de hotel onde se hospedaria Jean Dutheuil. E de repente, em meio à névoa, enquanto eu me aproximo, esta iluminação: *ele não foi lá por si mesmo, minha opinião é que ele foi levado!*

Eu ia entrar no *hall*, quando percebo, um pouco mais longe, um painel indicando o estacionamento do hotel. Faço meia-volta, atravesso um saguão que se abre sobre um espaço bem grande, pouco provável no coração da cidade. Ele está rodeado por uma paliçada do lado oposto das casas que margeiam a rua. Na extremidade, na direção de onde venho, uma pequena porta. Ela deve dar diretamente dentro do hotel.

Volto sobre meus passos, subo alguns degraus, e, atravessando um *hall* que serve de salão, bastante modesto também, dirijo-me para a recepção.

– Gostaria de falar com o gerente.

– Não é possível... ele não está. Do que se trata?

Ele acompanha meu olhar. O incidente já se produziu: mostro meu cartão.

E continuo:

– Você estava trabalhando no dia em que foi descoberto o cadáver de um homem dentro de um dos quartos?

– Na manhã em que o encontraram, sim.

– Como foi que aconteceu?

Ele hesita, depois, perante meu ar severo, decide-se a responder, de má vontade:

– Esforçaram-se para esconder o assunto dos clientes. Os policiais foram discretos.

– Na véspera, quando o senhor Dutheuil chegou, você estava trabalhando? Você o viu?

– Não. Era meu colega que estava na recepção. Eu termino meu serviço às três horas.

– Seu colega está aqui?

– Oh, não! Ele só chega às três horas...

Ele está aborrecido, eu também. Ele reflete, espera um tempo.

– O senhor quer que eu vá ver se o gerente está no escritório dele? Eu... o senhor compreende, normalmente não o incomodamos.

O gerente chega. Pela expressão dele, vejo que foi colocado a par.

– Sinto muitíssimo... Não vou tomar muito do seu tempo.

Eu o sigo até seu escritório. Repito meu discurso habitual, desde que percebi que ele funciona bem.

– O senhor imagina, não se trata de um caso comum... Há uma segunda investigação. O senhor ouviu falar na polícia das polícias...

Ele se inclina e me observa com respeito crescente.

– É o seguinte: desejo saber a que horas chegou o homem que foi encontrado morto no dia seguinte. Também quero falar com o recepcionista que o recebeu...

– Ele não está... posso tentar telefonar para a casa dele.

Concordo. Por sorte, o homem está lá.

– Ele não vai demorar, não mora longe daqui.

Agradeço.

– Seria possível, senhor gerente...

Eu jogo o "senhor gerente" alternadamente, se bem que, logo, ele também me chama de "senhor diretor"; deve pensar que não sou um policial comum, e faço tudo para convencê-lo disso: extrema cortesia, fórmulas rebuscadas, sotaque da alta roda mais do que o de um comissário de polícia estilo Joyeux.

Retomo a palavra:

– Seria possível chegar aos quartos do hotel, *sem passar na frente da recepção?*

– Sim... nós temos um estacionamento de onde se tem acesso direto ao elevador.

– O senhor me permite observar o local?

Ele me conduz por um corredor com uma saída que dá para o local que eu havia descoberto antes de entrar no hotel. É exatamente aquela porta pequena que eu havia percebido de longe.

– Normalmente, ela fica fechada por dentro. Quando um cliente está de carro, ele dá a volta sob a marquise com o veículo e o rapaz vem abri-la aqui. Ele se dirige então diretamente para seu quarto.

Examino a chave. O gerente acompanha meu olhar.

– Só no verão, à noite, quando os clientes chegam em grande número e quase todos ao mesmo tempo, deixamos a porta aberta.

Aberta ou não, é um jogo de crianças para um profissional conseguir destrancá-la sem chave. Quando voltamos ao escritório, o recepcionista da tarde está lá. Ele também acaba de ser informado do que se trata.

– Deixo-os a sós – me diz o gerente.

Instalo-me em sua escrivaninha, enquanto o empregado se coloca à minha frente.

– Você se lembra de ter recebido o senhor Dutheuil, o homem que encontraram morto no dia seguinte?

– Devo dizer que não.

– Você viu a foto dele nos jornais? Olhe, aqui está uma delas.

Levanto-me e coloco uma foto diante dele. A ansiedade de meu interlocutor é perceptível. Apresso-me a fazê-la aumentar.

– É importante, compreende, muito importante.

Ele pegou a foto nas mãos, que tremem um pouco.

– Olhe bem: não se lembra de ter visto essa fisionomia?

– Não.

— Quando um cliente chega, ele preenche uma ficha, mostra os documentos?

— Se ele reservou o quarto, pede-se apenas para preencher a ficha... Por discrição não se exigem documentos.

— Ele preencheu essa ficha?

— Deveria... Podemos tentar ver. Qual foi exatamente o dia?

— Dia 24 de novembro.

Chegamos juntos a um pequeno local situado atrás da recepção e o gerente vem se reunir a nós. Consultamos os registros. Terça-feira, 24, perfeitamente: há um quarto em nome de Dutheuil.

— Esse quarto estava reservado?

— Sim — diz o gerente. — Os nomes dos clientes que fizeram reserva aparecem primeiro.

— Desde quando o quarto estava reservado?

— Impossível sabê-lo. Nós inscrevemos os nomes à medida dos pedidos.

— Bem. As fichas são conservadas?

— Em princípio sim, durante três meses. Em seguida, são jogadas fora.

— Vocês têm a ficha de Dutheuil?

Eles procuram, examinam diversas vezes pacotes de cartões amarrados. A moça do caixa se intromete.

— Não a encontramos, senhor.

— É estranho.

— Agradeço. Senhor gerente, posso ter uma palavra com o senhor?

O mais misterioso possível. Voltamos ao escritório.

— Pois então, é preciso absolutamente que eu fale com a arrumadeira... e também com o vigia noturno.

— A arrumadeira não trabalha mais aqui... Esse incidente a perturbou. De repente, ela abandonou o trabalho.

— Ela está trabalhando em outro local?

— Não acredito. Ela se aposentou.

— O senhor tem o endereço atual dela?

Cheio de boa vontade, o gerente volta à recepção. Vem com o endereço. Tomo nota cuidadosamente.

— Quanto ao vigia noturno, ele não tem telefone. Não chegará antes das dez horas esta noite. Mas também tenho o endereço dele, se isso lhe interessa.

Ele me interessa e tomo nota igualmente.

— Será que eu poderia examinar o quarto?

— Sim. Se quiser me acompanhar, é um quarto como os outros.

Olho distraidamente o aposento um tanto medíocre. Ele parece ainda carregar o luto dos acontecimentos dos quais foi o palco. Parece cada vez mais evidente que Dutheuil não veio hospedar-se por si mesmo em lugar semelhante.

Despeço-me do gerente, com calorosos agradecimentos.

— Inútil — acrescento —, falar com quem quer que seja sobre minha vinda aqui.

Ele compreende e inclina-se solenemente.

Esqueci de me informar sobre os horários de volta a Paris. Vou ver se ainda consigo. Agora, vou fazer uma visita ao vigia noturno. Dou uma olhada no relógio. Ele deve estar almoçando.

Efetivamente, ele está em casa, comendo a sobremesa. Desculpa-se. Sua mulher se desculpa.

– O senhor se lembra do dia 25 de novembro, dia em que descobriram o cadáver? Na véspera à noite era, portanto, 24 de novembro, o senhor viu entrar e sair do hotel um cliente que se parecia com este?

Coloco a foto diante de seus olhos. Ele vai até a janela acompanhado por mim. Olha-a demoradamente.

– Não, senhor; nunca vi esta pessoa.

Fico vagando pelas ruas. Recomeçou a garoar. Eu me pergunto se ainda tenho alguma coisa a fazer nesta cidadezinha engolida pela bruma. Ah, sim, o estacionamento. Vou até lá de táxi. Ele é muito afastado do hotel. Por que Dutheuil teria deixado o carro nesse lugar, se desejava passar a noite em um hotel situado no outro lado da cidade? Que me façam um desenho! Mas quando se faz um desenho, o desenho da cidade, isso não tem mais nenhum sentido.

Antes de voltar, decido dar uma volta pela vizinhança do estacionamento. Bairro recente, até bem-sucedido, caramba! Nossa, por que será que esses grandes edifícios lembram vagamente palácios? Observo sua disposição agradável, no meio de jardins verdejantes. Aproximo-me: "Hotel de Região".

Sigo passeando pelos jardins. Tento imaginar. É como se eu tentasse me lembrar. Raros transeuntes. Algumas mulheres elegantes apressam o passo, sob o aguaceiro que começa.

Nada de táxi. Chego novamente à distante estação ferroviária.

Chove o tempo todo. É como uma purificação. Mais de uma hora esperando o próximo trem para Paris. A noite já está chegando. Finalmente me instalo no canto de um compartimento. Uma jovem se instala em minha frente. Ela tem uma extraordinária cabeleira ruiva, volumosa, desfeita, espessa. Sob essa espécie de guarda-sol que a natureza lhe dotou, sua fisionomia é impressionantemente jovem. O trem parte. Enquanto a chuva redobra e bate no vidro, eu me abandono a esse doloroso embalo que amo desde a infância.

Bem. Eis como tudo se passou. Em primeiro lugar, eles não reservaram esse hotel pelo preço. Esse tipo de hotel não chega a custar quinhentos francos, nos serviços de informações. Eles o escolheram porque se podia chegar ao quarto sem passar pela recepção, sem serem vistos. Mas vamos pela ordem.

Telefonaram no fim da manhã para Dutheuil, pedindo-lhe para ir com urgência, sem especificar o motivo, o que quer dizer, sem poder desvendar um negócio de tal importância por telefone. Mas a ordem para ir emanava de um personagem muito importante, ou foi formulada em seu nome. O local do encontro não foi mencionado ou só se fez uma alusão compreensível unicamente por um iniciado. Que esse lugar seja o Hotel de Região, eis o que não tem sombra de dúvida para mim. Foi por isso que Dutheuil estacionou ali. Eram 15h40. O tempo necessário para vir de Paris, parando em algum lugar para almoçar.

Dutheuil desce do carro. Alguém se aproxima ao seu encontro. Ele invoca um pretexto. Devem repintar um corredor, ou então para evitar serem vistos no *hall* de entrada, vão ao local do encontro passando pelo subsolo.

No corredor estreito, lançam-se sobre ele. Golpes desferidos no rosto, para deixá-lo sem ação, ao mesmo tempo em que outro sujeito lhe esmurra por trás. Mas Dutheuil é forte e corajoso. Ele se debate, luta com todas as forças. A brusca consciência do caráter mortal do perigo que corre redobra sua energia. No combate, suas roupas são rasgadas, o relógio quebrado, seu rosto inchado. Finalmente, ele cai, é mantido no chão, e um dos agressores aproveita para lhe dar a injeção. Ele morre imediatamente. Administram-lhe, então, uma segunda injeção com o herbicida destinado a apagar a presença do veneno cujos serviços secretos israelenses deram recentemente de presente a seus camaradinhas franceses.

Para golpes desse gênero, tudo é previsto minuciosamente, tanto quanto possível. No subsolo onde conduziram Dutheuil para atacá-lo, há, portanto, três sacolas. Na primeira, coloca-se o que se decidiu entregar mais tarde à família. Na segunda, as roupas em frangalhos, a gravata rasgada, o relógio quebrado – tudo que se jogará fora em algum lugar. A terceira recebe o corpo nu. Um furgão chega, e embarca tudo: as sacolas, o morto, os vivos. Um dos executores afasta-se por um instante até uma cabine telefônica. Depois de uma breve chamada, ele volta e o carro – ia dizer o furgão funerário – dá partida.

Pouco antes desse discreto incidente, um cliente apresentou-se ao hotel. Ele havia reservado um quarto.

– Em nome de quem?
– Dutheuil.

– Dutheuil? Certamente, eis sua chave. Boa tarde, senhor Dutheuil.

Não lhe pediram os documentos, mas se lhe tivessem pedido, ele carregava consigo uma carteira de identidade em nome de Dutheuil. A foto não era de Dutheuil, e sim a sua: a do quarto homem do comando que tinha vindo preparar a visita dos outros três.

Ele volta sozinho ao seu quarto no segundo andar e tem todo o tempo de inspecionar cuidadosamente o local. Com algumas precauções, inúteis aliás, desce novamente até a porta que abre por dentro. Deixa a chave na fechadura, lança uma olhadela no relógio, sobe novamente ao quarto. Está na hora. O telefone toca.

– Sim, está aberto, tudo está pronto.

No tempo de atravessar a cidade inundada de chuva e deserta, o furgão chega diante da pequena porta que ele só tem que empurrar. O quarto homem os espera. Silenciosamente, passa à frente como guia. Os três outros seguem com o corpo. Breve hesitação. Não há necessidade de se cansar: usam o elevador.

O corpo é depositado sobre a cama. Evidentemente, o rosto está um pouco machucado. Espalham em quantidade as caixas vazias de "Noite de sonho".

Olhadelas em volta. Tudo está no lugar. Os quatro homens se vão em breves intervalos. O que fez papel de "cliente" não acha interessante passar novamente na recepção e vai com os outros três para o furgão, que sai lentamente sob a chuva.

O trem diminui a marcha e abro os olhos. Diante de mim, a ruiva de cabelos de sereia me encara, uma prega irônica no canto da boca. Devo ter mexido os lábios durante a reconstituição do crime. Ela se levanta, pega a bagagem e desce. Na plataforma, vejo por um instante minha vizinha de poltrona. Ela hesita, procura com o olhar – alguém? A saída? Ela desaparece de repente.

Novamente o balanço do trem.

Uma ideia me vem à mente: que se possa assassinar alguém dessa maneira, tranquilamente, graças a procedimentos bem ajustados, seguindo um plano traçado antecipadamente, isso se compreende. Com um pouco de sangue-frio e sem uma catástrofe inesperada que coloque tudo por terra, os acontecimentos se desenrolam como previsto. É o cenário geral, entretanto, que peca de algum modo. Prova disso é que ninguém acredita nele, que toda investigação é proibida. Eu mesmo, antes de ter reconstituído os fatos – ao menos seu encadeamento mais verossímil – tinha imediatamente pensado em um golpe montado. O que há de errado nessa história?

Novamente cochilo. Novamente acordo. Continua chovendo. Ah, sim! O que há de errado na história deles? Bem, é isso: se Dutheuil fosse ao hotel para se suicidar, não estaria nu ao chegar, não passaria nu pela recepção! E se estivesse vestido, como todo indivíduo que circula na rua ou entra em um hotel, sem que se chame a polícia, o que aconteceu com suas roupas? Como poderia ele estar nu, quando o encontraram morto? Ele não jogou suas roupas pela janela!

Abandono-me novamente ao balanço do trem. Percebo vagamente as diminuições de velocidade, duas ou três paradas. De repente, alguém me bate no ombro.

– Chegamos, senhor!

Um jovem de uns quinze anos, enfiado em um casacão azul, sorri para mim. Ele desce. Eu o vejo na plataforma dando uma olhadela na minha direção, assegurando-se de que eu tenha compreendido. Eu lhe faço um sinal. Como a moça ruiva, ele desaparece de repente. Eu desço. O trem está vazio, a plataforma deserta.

Embarco novamente no RER e depois mais quinze minutos a pé através desse subúrbio mal-afamado. Tateio meu revólver no bolso. Penso em Natacha, que volta sozinha todos os dias, esquecendo dia sim dia não a arma de defesa que lhe dei.

– Você voltou tarde!

Esforço-me por mostrar um ar jovial:

– O que você diria de um fim de semana à beira-mar?

– Nesta estação?

– O mar é mais belo no inverno.

12

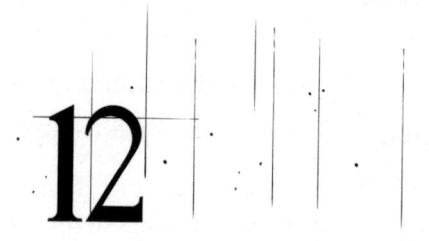

Faltam três dias para o próximo fim de semana. Faço o balanço das pessoas que encontrei, daquelas que me restam ver. Existe uma que gostaria de conhecer, é o marido de Marie Nalié. Ela me falou dele diversas vezes. Foi ele que parece ter sido o mais atingido por esses acontecimentos. Uma depressão! Desde que fiquei sabendo, sua imagem se mistura em meu espírito à de Natacha. Aqueles que atravessaram a porta do inferno e encontraram o desespero, sempre suscitaram em mim uma espécie de atração fraternal. Qual será o laço que os liga – a quê? – para que a ruptura desse laço os deixe sem vontade, não se preocupando com mais nada? Existirá para eles alguma coisa de mais essencial do que este mundo, uma verdade em direção da qual eles tendem, com todas as forças e sem a qual não podem viver?

Essa estranha atração por aqueles que não se interessam por mais nada esteve sem dúvida na origem do telefonema que dei a Marie Nalié. Eu queria informar-me sobre a saúde de seu marido. Ele já tinha retornado do hospital?

– Ele voltou ontem. Falamos longamente sobre o senhor. Ele ficaria satisfeito em conhecê-lo. É possível?

Se é possível! Pelo menos por uma vez, alguém deseja me conhecer e não sou eu que peço...

François Nalié fez questão de me convidar para jantar em um local tranquilo. Colocou-se à minha direita, porque ouve melhor desse lado. Sua mulher ficou à nossa frente. Ele está inteiramente consciente do que lhe ocorreu.

– Quando fiquei sabendo do acontecido, eu me abati completamente. Não pense que sou um fraco, de modo algum. Eu me abati porque tudo no que acreditei desintegrou-se, voou em estilhaços.

Eu o interrogo sobre suas convicções.

– Eu acreditava em muitas coisas. Preciso que eu lhe explique. A maior parte das pessoas pode muito bem viver sem crer em nada. Aliás, é o caso mais frequente. A vida lhes é suficiente. Cada dia, a cada momento, existe alguma coisa a fazer, não é? É suficiente se deixar levar. Para mim, é diferente. Eu era um matemático. Ser matemático está na moda, mas se você dedica seu tempo a isso, fica completamente distante da realidade; você se fecha em um mundo imaginário, que não tem mais nenhuma relação com qualquer outro.

– É verdade – disse eu rindo. – Platão dizia que os matemáticos parecem sonhar.

– Não me diga! O quê? Ele disse isso? É extraordinário. É exatamente o que eu experimentava. Quando interrompia meu trabalho, tinha a impressão de sair de um sonho. Parecia-me também que esse trabalho não tinha nenhuma relação comigo, com minha própria vida, o sentido que ela podia apresentar a meus próprios olhos, ou a outros. Felizmente pertenço a uma família em que se tem senso da realidade. Meu pai, o senhor sabe, desempenhou um papel importante no movimento operário. Não somente em Paris, nos salões. Com os mineiros. Ele era um de seus representantes. Conhecia os problemas daqueles que contraem silicose e vão morrer mais cedo do que os outros, os seguros, a aposentadoria, os salários, os alojamentos, as escolas para órfãos. Era isso o socialismo. E como nesse terreno só havia ele, existiam os caras que contavam que a União Soviética era o paraíso e que nada havia a fazer, além do que se fazia lá, veja que problema! Sempre em luta em duas frentes. Entre os exploradores e os charlatães.

"Eu admirava meu pai, compartilhava de seus ideais. Porque, para levar a existência que ele havia escolhido, era preciso acreditar em certas coisas: no valor dos indivíduos, do trabalho, em seus direitos. Em seu direito de viver, por exemplo. De não se fazer assassinar no canto do bosque pelo primeiro canalha que aparecesse. Em resumo, tinha-se uma moral. E uma moral muito rigorosa. O senhor me desculpe, vai rir francamente: acreditava-se em deveres para com os outros e para consigo mesmo! Aprendia-se isso até na escola – na escola leiga. Portanto, não eram apenas os padres que contavam histórias semelhantes.

"Quando fiquei sabendo do suicídio de meu genro, recebi o golpe mais duro de toda a minha vida, fiquei arrasado. É preciso que o senhor compreenda bem isto: todos nós da família acreditamos no suicídio. No início, não havia a mínima dúvida a esse respeito. Tratava-se unicamente de uma notícia terrível – uma vergonha. Além de tudo, esse suicídio estaria ligado a uma história infame, uma história de *call--girls*, o senhor se dá conta? Mais que uma vergonha, uma infâmia! A tal ponto que todas as nossas ações, quando tentamos ajudar nossa filha, eram voltadas para esconder a coisa. Esconder o suicídio! Telefonamos para toda parte, dizendo que não se tratara de suicídio, mas de um ataque cardíaco. Ninguém acreditou em nós. Quanto mais se falava, menos acreditavam. Nossa mentira só dava mais crédito à história deles: a tese do suicídio.

"Foi nesse momento que eu fiquei mais abatido. Foi preciso me hospitalizar. A vergonha se tornava uma bola de neve. Até o dia em que a tese de suicídio começou a rachar... quando foi preciso receber o seguro, e tivemos em mãos esses atestados de óbito extravagantes, quando minha filha começou a ter dúvidas, quando ela ficou sabendo que o marido não tinha sido morto por ingestão de sonníferos, pela simples razão de que deles não havia traço nenhum em seu sangue – veja o senhor, a partir desse momento, recobrei a coragem. Disse a mim mesmo: 'é preciso procurar os assassinos, é preciso desmascará--los'. Tive novamente uma razão de viver.

"Foi então que o mais duro começou: conhecemos ainda um certo número de pessoas nesse meio, mesmo não pertencendo a ele há muito tempo. Minha filha e meu genro tinham amigos desse círculo. Esses amigos nos acolheram com muita gentileza, dando provas da maior compaixão pela nossa infelicidade. Mas desde que compreendiam o que desejávamos, o que tínhamos vindo lhes pedir, mudavam de tom.

"'Mas enfim', dizíamos furiosos, 'trata-se muito bem de um homicídio, não de um suicídio!' No que dizia respeito ao suicídio, eles se mostravam conciliantes. *Talvez* não fosse um suicídio. Os exames médicos, na verdade. Ainda que nunca se saiba. Mas enfim, supondo-se que não se trate de suicídio, então a coisa seria muito mais grave. Dado o contexto, não se configuraria, evidentemente, um crime comum, dizendo respeito a um indivíduo, sua vida particular – seria uma questão de Estado. O melhor, nesse caso, seria não fazer nada. Desfilavam todas as razões, todos os exemplos."

Ele me encara.

– Minha filha lhe contou tudo isso?

Aquiesço.

– E ainda – retoma ele –, os amigos de quem estou falando eram verdadeiros amigos, gente que nos queria bem. Não falemos dos outros. Usuários ausentes, secretárias eletrônicas, nunca uma chamada de volta. O vazio. Quando, por acaso, nos encontrávamos na rua: meia-volta, mudança de calçada. Quando era demasiado tarde, o olhar obstinadamente fixado nos sapatos. Quanto ao nosso próprio telefone, ele tinha emudecido: não mais recebíamos chamadas de ninguém.

"Nós conhecemos pessoas de todo tipo, já lhe disse isso. Perguntei-me como era possível que adotassem todos eles a mesma atitude em relação a nós. Hein? É extraordinário: pessoas diferentes que fazem – todas – a mesma coisa!

"Muito bem, compreendi por quê. Qualquer que seja sua função no mundo político, na alta administração, na vida particular, são todos criaturas do regime, todos eles são ligados a ele por alguma vantagem, algum favor confessável ou não, alguma irregularidade, algum privilégio, até possivelmente algum dossiê que os faz andar direito. Todos estão presos: eles têm, cuidadosamente amarrada em suas pernas, uma caçarola que faz deles servidores zelosos, colaboradores com os quais se poderá contar por muito tempo. E quando eles se aproximavam de nós com as mãos estendidas e sorrisos nos lábios, a corda esticava bruscamente, apertando-lhes os tornozelos – é a caçarola que começava a tilintar em seus ouvidos!

"Eu os via mudar de cor. É isso, meu senhor, um regime totalitário: este medo que surge, desde que se trata da verdade, essa necessidade repentina de virar a cabeça, não mais olhar as pessoas nos olhos. E esse regime onde não é mais preciso olhar as pessoas nos olhos, porque eles teriam medo de que uma verdade que eles não devem saber, que não querem ver pudesse ser lida, esse regime totalitário implacável é agora o nosso, a nossa democracia sob a liderança do canalha que nos dirige.

"O medo como meio de governo não é uma ideia tão nova. Eu me interesso por História, o senhor sabe: é uma loucura o número de regimes que repousam ou que repousaram sobre o medo. O que é novo é o medo como princípio de uma democracia. Não um princípio abstrato, como aqueles que nos dizem ao pé do ouvido: liberdade, igualdade, etc. Princípios aos quais nada corresponde. O medo é um princípio ativo, que realmente funciona. Que faz todo mundo caminhar e até mesmo correr. O país inteiro se torna uma pista de maratonistas. Evidentemente, é preciso não subestimar as virtudes do medo. As pessoas fazem de conta que pressionam mais do que realmente pressionam. Elas só entram em ação, quando pensam que alguém pode vê-las. Mas, enfim, o medo mantém a atividade social em um nível mínimo, que permite ainda a sobrevivência do grupo. Olhe a União Soviética! Desde que o sistema de terror desapareceu, tudo parou, ninguém faz mais nada – a menos que roubar seja o indispensável. O regime desmoronou. O senhor acha que é exagero?"

– De modo algum – lhe digo suavemente. – Penso como o senhor.

Ele me encara. A senhora Nalié me encara.

– O senhor está procurando restabelecer a verdade sobre o assassinato do meu genro?

– Muita gente tenta me dissuadir disso.

– Nós também, talvez?

– Ainda não sei.

Ele parece subitamente inquieto.

– Bem, vou lhe dizer o que penso. Antes, é preciso pelo menos que lhe conte sobre duas ou três providências que tentamos, apesar de tudo. Meu pai tinha um grande amigo que cuida agora de uma associação para a defesa dos direitos humanos, Denis Sibert. O senhor conhece esse nome, ouviu falar nele? É um socialista dos antigos, um homem que acredita nos valores da democracia. Ele empreendeu lutas em comum com meu pai. Quando soube quem eu era, recebeu-me muito amavelmente, também. Estava sinceramente penalizado com o que havia acontecido à nossa família. 'A morte', acrescentou, 'é uma coisa terrível. Não se trata de uma morte qualquer, mas de um crime! É uma enorme infelicidade, realmente', nos respondeu ele, 'maior do que uma morte natural.' Depois, calou-se. Nós mesmos nos calamos, surpresos com seu silêncio, que se prolongava e esperamos pelo que ele iria nos dizer.

"Mas ele ficou sem dizer nada, como se nada mais houvesse a dizer, e nossa entrevista estivesse terminada.

"Nós não íamos embora. Então, ele começou a falar de meu pai. Evocava seu rigor, seu senso de justiça. O socialismo não era uma forma de caridade, nem mesmo de solidariedade. Era o reconhecimento de um direito. Do conjunto de direitos que permitiam ao homem ser um homem. Foi por isso que ele fundou essa associação para a defesa e a promoção dos direitos do homem. Esse projeto tinha primeiro um significado filosófico para ele, ele teria dito 'metafísico', se acreditasse na metafísica. Significava que todo homem, pelo próprio fato de existir, tinha direito à totalidade de prerrogativas que definiam o ser humano.

"Eu tinha agora a sensação de que, por uma espécie de instinto, ele desejava nos falar de tudo, menos da razão pela qual nós tínhamos ido vê-lo – sobretudo, menos sobre a questão do meu genro. E ele teria continuado a falar mais tempo ainda sobre o que havia sido o objetivo de toda a sua vida, se, à beira da exasperação, eu não tivesse julgado correto interrompê-lo: 'Dentre todos esses direitos, existe o direito à segurança das pessoas, isto é, o direito à vida, suponho eu'. 'Claro.' 'E quando esse direito foi ridicularizado, quando houve homicídio, o direito da vítima à verdade, ao respeito de sua memória.'

"Foi difícil manter a calma. Ele me perscrutou longamente e acabou por dizer: 'O que você quer fazer?' 'A justiça deve abrir uma investigação para restabelecer a verdade!' 'Oh, meu caro senhor, é totalmente impossível. Coisas demais estariam ameaçadas. É uma questão de Estado! Vou lhe fazer uma confidência: interesses consideráveis, interesses nacionais estão em jogo.' 'Os direitos do homem, os direitos de um homem, é o que se defende, mesmo contra o Estado! É o objetivo de sua associação!'

"Foi então que ele se irritou, ficou vermelho, agitando para todos os lados seus pequenos braços de ancião. 'O quê? O senhor quer acabar com tudo?!'

"Ficamos desnorteados. Ele se levantou, fomos saindo de costas.

"Nós nos dirigimos aos jornais – do nosso lado, é claro! Eles não pareciam com pressa de nos receber, um pouco constrangidos, para ser honesto. Finalmente, ousaram nos enviar dois repórteres. Eles nos escutaram atentamente, com simpatia. Com certa reserva também. Havia dificuldades que não percebíamos tão claramente como as pessoas da profissão. Mortos – mortos em condições suspeitas, brutais, espancados, torturados e em seguida assassinados, havia cada vez mais em nosso mundo. Nos mais diversos países. Era impossível mencioná-los todos. Se fossem abrir uma investigação sobre cada um desses inúmeros casos... Oh, sim, era preciso escolher! Escolher, dentre todas essas vítimas, aquelas que por uma razão ou outra poderiam passar por exemplares.

"Ora – eles lamentavam nos dizer – Jean Dutheuil não se classificava realmente nessa categoria. Em primeiro lugar, as condições de sua morte foram mal estabelecidas, ou melhor, elas não o foram absolutamente. A tese de suicídio era contestada, mas não havia nenhum argumento decisivo contra ela. Não tinha havido autópsia. Um jornal de escândalos aproveitou a oportunidade para montar uma história contra o regime, foi processado por difamação e, de acordo com as últimas notícias, ia perder o processo. De toda forma, era difícil fazer campanha com um confrade tão equívoco. E balançar um regime do qual, quaisquer que fossem os defeitos, eles compartilhavam, as grandes orientações e os princípios, apesar de tudo. Em resumo: era uma questão delicada.

Havia outro problema sobre o qual eles chamavam igualmente nossa atenção. Era o da banalização. À força de denunciar os crimes, as atrocidades, as tramoias, as irregularidades de toda espécie, ia-se fatalmente contra o objetivo perseguido. As mentes se habituavam a ele, acabavam por achar tudo isso normal. Por uma reviravolta singular das coisas, a infâmia arriscaria recair unicamente contra Jean Dutheuil e sua família, sua denúncia não serviria a nada a não ser para a humilhação das vítimas. Não valeria mais a pena deixá-los em paz?

– Eis aí – concluiu François Nalié. – Eles saíram como vieram. E tinham razão pelo menos sobre um ponto: a exploração do caso por adversários políticos. Pouco tempo depois de sua visita, minha filha recebeu um telefonema de um jornaleco extremista especializado em denúncias caluniosas e que, sob pretexto de desmascarar o escândalo, queria nada mais do que lhe dar o máximo impacto possível, isto é, nos atingir uma segunda vez, é verdade. Minha filha os expulsou. Era impossível agir de forma diferente. O senhor vê, estamos completamente acuados.

François Nalié tem o ar profundamente abatido. Procuro romper o silêncio, mudar de conversa. Mas de nada adianta. Recaímos sobre o assunto que queremos evitar. Como se esse caso não fosse mais um caso particular – como se, à maneira de um imenso turbilhão carregando com ele tudo o que se esforça para escapar, se estendesse aos limites do mundo, pronto a tudo engolir!

– Há outra coisa que me parece justa, no que me disseram – retoma François Nalié. – É que chegamos a um momento em que a própria denúncia não serve para mais nada. Primeiramente porque o que ela denuncia: a canalhice, a espoliação, os conchavos de todo gênero e até mesmo o crime, não choca mais ninguém. Precisamente porque só se fala dele, o mal veio a se constituir em natureza humana deste mundo.

"E agora, deu-se mais um passo na abominação. O mal não é apenas o que é e não espanta mais ninguém, é algo ainda pior: tornou-se necessário, não se passa mais sem ele. Tornou-se o objeto de deleite geral, o motivo principal de prazer da nossa sociedade. Olhe bem: quanto mais um político é reconhecido como culpado de malversações, desvios de fundos, abusos, mais recebe dinheiro, hoje em dia. As transmissões onde ele aparece batem todos os recordes de audiência. Ele é disputado. Ser um canalha não o impede de ser deputado, prefeito, ministro, primeiro-ministro, presidente, ao contrário; é um argumento de peso. Será em breve o principal argumento. As mídias não se enganam, quando se lançam sobre tudo o que é ignóbil. Quanto mais mortos houver em uma catástrofe, melhor, em alguma matança generalizada, cega, ignóbil, ou em um genocídio, o furo jornalístico será sensacional e valerá muito mais. Os publicitários têm faro para esse gênero de transmissão: é em direção a ele que irá todo o dinheiro. Ele é inexaurível e acredito ser preferível deixá-lo continuar assim. Entendo muito bem o que o mantém em sua ruminação e o impede de dormir. Que ele esvazie assim o saco!

– Veja o senhor, a denúncia do mal hoje em dia é totalmente integrada ao próprio mal, ela faz parte dele, ela o redobra, ela lhe dá seus títulos de nobreza, ela permite expor em plena luz do dia, por toda parte, de maneira que cada um possa usufruir livre e completamente. O senhor quer prova disso?

– No ponto em que estamos – disse eu rindo.

Minha observação divertida não o interrompe.

– O senhor sabe o que me disseram, quando cometi o erro de falar ainda sobre essa história, que começa a aborrecer todo mundo? "É inútil você sofrer tanto para denunciar o que aconteceu – do que, aliás, você é totalmente incapaz. Deixe as coisas assim. O caso desaparecerá, quando um desses canalhas encontrar nisso o próprio interesse – para atacar um de seus concorrentes, ou para se proteger dele." Deixaram-me compreender que este dossiê já havia servido para esconder outro, uma história de falsos passaportes, acho eu. Só o mal – concluiu ele – pode ainda alguma coisa por nós! Deixêmo-lo destruir-se a si mesmo.

Ele procura perceber em minha fisionomia o efeito de suas palavras. Há cólera nele, uma espécie de ultraje voluntário de provocação, como se esperasse de mim que eu pusesse fim à explosão de suas demonstrações desesperadas – deste sofrimento que aumenta de forma desmesurada e se prepara a abatê-lo.

Faço o melhor que posso:

– Não estou inteiramente convencido – digo-lhe. – Por mais potente que seja o mal, o senhor lhe atribui importância demais. O senhor diminui o papel da hipocrisia. Pois, enfim, se a corrupção e o crime fossem os únicos atores do drama que vivemos, por que eles deveriam esconder-se? Por que dissimular o assassinato de Jean Dutheuil? Como a denúncia desse assassinato poderia ser uma ameaça? E por quê? E depois, veja, existe alguma coisa que me incomoda na atitude geralmente adotada diante desse homicídio...

Eu ia acrescentar: adotada pelo senhor mesmo, e por sua família. Contenho-me: ele já está bastante mal no ponto em que está.

Ele me interroga com o olhar. Eu disse um pouco demais. Fazer o que? Vamos lá:

– Mas sim. O fato de se calar, de renunciar a estabelecer a verdade sobre o crime supõe, em último caso, uma cumplicidade com os assassinos. Se não há nada a fazer, nem a dizer, é porque é melhor assim...

Tento falar em voz baixa. Mas por mais baixa que esteja minha voz, ainda assim estará muito alta. Sei que estas palavras permanecerão gravadas em sua mente como na minha. Na verdade, será que eu realmente as pronunciei? Terão elas atravessado o limite dos meus lábios ou então permaneceram em mim pensamentos não expressados, aves que teriam vergonha de alçar voo? Seriam elas oportunas? O espírito onde tais pensamentos são formados conhecerá, algum dia, a paz?

– Quando as vítimas se tornam as cúmplices do carrasco, é tempo perigoso que se anuncia, porque então são os carrascos que têm razão. Seu crime é aceito e, por conseguinte, justificado; as vítimas só têm o que merecem. Por seu silêncio, elas confessam que tudo está bem assim. O que querem os assassinos, os verdadeiros assassinos, os grandes assassinos, os promotores dos processos de Moscou, ou os fornecedores dos campos de concentração não é apenas matar, é que seus crimes pareçam legítimos e sejam reconhecidos como tal. E eles só podem sê-lo, no final de contas, pelas próprias vítimas. Que elas sejam ruins e ignominiosas, marcadas por alguma tara indelével, primeiramente, de sorte que sua eliminação seja um bem, uma espécie de depuração. E então que elas se reconheçam a si próprias nesse mal que nelas se encontra e que torna legítima sua eliminação, que elas reconheçam a legitimidade de todo o processo de sua destruição e de seu aniquilamento! O homicídio de quem é aparentemente vítima, não é diferente, então, do próprio suicídio. No caso de Jean Dutheuil, é exatamente disto que se trata.

François Nalié levanta sobre mim um olhar sem expressão. Depois passa a mão no rosto, parece retomar consciência de si mesmo, da minha presença, do local onde estamos.

– Então, o senhor vai retomar a investigação? O senhor está procurando a morte!

– Eu a persigo secretamente.

– Isso de nada servirá se, no final, o senhor não puder dizer a verdade que houver descoberto.

– Será suficiente que ela fique registrada em algum lugar.

Quando nos despedimos na calçada, ele me faz um sinal. Parece hesitar um momento, volta em minha direção e me abraça.

13

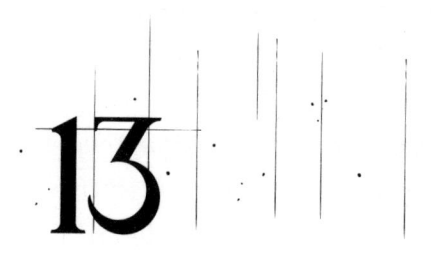

Natacha tinha acreditado que eu lhe propunha voltar à praia onde nos havíamos conhecido. Quando ficou sabendo que eu previa um desvio por Étraval, ficou zangada.

— Sempre a maldita profissão!

Explico-lhe por que começamos por essas férias em um local ao mesmo tempo célebre e agradável. É que lá mora a arrumadeira do hotel. Com exceção dos assassinos ou de seus cúmplices, ela é a única pessoa que viu o corpo de Jean Dutheuil sobre o leito do quarto de hotel, para onde eles o transportaram.

— É indispensável?

— De acordo com o inspetor de polícia que convenceu a senhora Dutheuil a não ver o corpo do marido, seu rosto estava desfigurado por um "refluxo de sangue". Fiquei sabendo que esse tal de refluxo de sangue não existe e que, em todo caso, não seria nunca em consequência de uma intoxicação por barbitúricos. O que eu quero é saber como estava esse rosto, se ele estava mesmo inchado e rubro.

— Por que estaria?

— No caso em que Dutheuil tivesse se defendido e se eles tivessem começado por espancá-lo. Você não escuta o que eu digo!

— Tenho horror dessas histórias.

Dirigimo-nos assim mesmo para Étraval. Chove sem parar. Sobre pequenas estradas convexas e escorregadias, atravessamos uma paisagem idílica, infelizmente invisível naquela manhã. Rodamos com precaução, pensando em nossos freios estragados e nossos pneus velhos.

No fim da manhã, estávamos em Étraval. De repente vemos o horizonte. O mar vem bater nas falésias e na barragem. Os seixos rolam fazendo barulho ensurdecedor. As ondas sobem nos parapeitos ou sobem a alturas vertiginosas. Natacha joga a cabeça para trás, está feliz como uma criança.

— Bem. Não se deixe levar por nenhuma onda do mar. Volto logo.

Encontro sem problemas a casa da senhora Dughet. É uma casinha agradável, com venezianas pintadas de azul. Fica de frente para o mar.

Acolhida difícil, suspeitosa. Ela também não quer mais ouvir falar sobre esse caso. Foi por isso mesmo que ela foi embora. Todos esses jornalistas, todos esses policiais, obrigada! Ela pediu a aposentadoria dois anos mais cedo do que o previsto.

— Agora, estou tranquila. Então, o senhor compreende, sinto muito, mas não quero mais receber ninguém.

Seu marido aparece no corredor. Por algum jeito imperceptível de mover os ombros, percebe-se que são largos.

Falo com extrema cortesia. Excelente método, já disse antes, que é bem-sucedido nos encontros perigosos, tão bem quanto os relativos a uma mulher bonita.

— Compreendo, eu compreendo perfeitamente, serei muito breve. Mas é, infelizmente, indispensável.

Olhares sobre meu cartão. Joyeux! Deixo compreender mais uma vez que não se trata da polícia comum.

Entro em um pequeno cômodo, a sala de jantar, horrorosa e tocante. O vento lhe empresta, entretanto, um ar de cabine de navio.

— A senhora foi a primeira pessoa a estar na presença do cadáver. É por isso que é tão importante.

— Os policiais também tiveram que examiná-lo.

— Parece que o rosto estava muito machucado, ele tinha equimoses, como manchas de sangue sob a pele, estava inchado. Descreva-me exatamente o que a senhora viu.

— Muito bem, senhor, sim, ele estava como o senhor o diz. O rosto inchado, enegrecido. As olheiras escuras, senhor! Estavam inteiramente negras. Ocupavam o rosto inteiro.

— Os lábios?

— Um deles estava arrebentado.

— Havia sangue?

— Sangue seco. A metade da bochecha estava coberta de sangue.

— Então, explique-me como foi aquela manhã. Por qual quarto começava o seu trabalho?

— Pelo de cima. Eu bato. Se a pessoa não responde, abro com a chave. Se os pertences ainda estão lá, passo para o quarto seguinte, até encontrar um que esteja completamente livre. Depois de quarenta anos, senhor, é assim que eu faço!

"Oh, senhor! Se o senhor soubesse o que acontece, às vezes... mal ouso lhe dizer. Um dia, não foi em Noulhans, foi na montanha. Um grande hotel, inclusive. Eu trazia a bandeja do desjejum. O senhor pode imaginar, todas as manhãs subir e descer os andares com o desjejum! Felizmente agora isso já não se faz. Então eu trago a bandeja. Dizem: 'Entre'. Eu entro. Meu senhor! Duas lésbicas estavam transando. Recuo, horrorizada em direção à porta. 'Ponha isso sobre a mesa!' Era aquela que estava por baixo. Eu enxergava seu rosto através do cotovelo daquela que se agitava por cima. Elas continuaram a se mexer sem prestar atenção em mim. Que ousadia, essas mulheres! As ricas são ainda mais desavergonhadas do que as pobres. Antigamente, quando eu era jovem, quando me viam eles tiravam dinheiro do bolso, acreditando que eu iria reunir--me a eles na cama! Que profissão, meu senhor! Meu marido tinha ciúmes. É terrível, o ciúme. Enlouquece as pessoas. A vida se tornou realmente impossível. Então eu disse a ele: 'Ou você para com isso, ou vai embora!' Felizmente ele compreendeu. Como poderia aborrecer-me com ele, aliás... Os clientes nos tomam simplesmente por prostitutas. E depois, toda essa promiscuidade com pessoas que não se conhece, a gente trabalha em um quarto onde ainda se sente o cheiro delas. Se o senhor soubesse como é humilhante limpar banheiros dos outros! Nem falo daqueles que enxugam os sapatos com as cortinas. Depois, você é quem é responsável por tudo. E tudo isso é para lhe dizer que, quando houve o cadáver no hotel de Deux-Rives, fui embora imediatamente. Desde então, meu marido e eu somos felizes."

Através da porta de vidro, vejo a sombra do marido que passa e repassa. Ele deve estar usando pantufas, pois não ouço absolutamente nada.

— A senhora acha que ele foi espancado, o sujeito do hotel? Alguém teria quebrado a cara dele?

— Ah, sim, senhor; tinha toda a aparência de ser alguma coisa assim.

— Disseram-me que o corpo estava nu.

— Ele estava nu. Ao vê-lo, tomei um susto! O jornal sugeriu que se tratava de um caso suspeito. Foi isso que me fez pensar nessas lésbicas e em todo o resto.

— Havia roupas perto do corpo, sobre uma cadeira, no armário? Sapatos?

— Não, senhor, o quarto estava vazia. E o senhor sabe, fiquei apavorada com o corpo e saí de lá imediatamente.

— Se o armário tivesse sido aberto e se houvesse roupas penduradas no interior, a senhora teria visto isso?

— Não sei.

— Havia pertences no banheiro?

— Não entrei lá.

— A senhora viu um relógio sobre a mesa de cabeceira, por exemplo?

— Um relógio? Não.

— A senhora voltou lá naquela manhã?

— Havia um policial diante da porta. Ela estava fechada.

— Quando foi que a senhora deixou o hotel definitivamente?

— No mesmo dia. Telefonei a meu marido e ele veio me buscar; fomos embora.

— Aqui a senhora está feliz?

— Oh, sim, senhor! A gente come peixe fresco.

Do outro lado da barragem, avisto Natacha. Ela tem uma maneira de andar que se reproduz a despeito dela mesma. A cada passo, seu torso sobe e desce com a leveza de uma folhagem oscilando sob a brisa. Uma força a atravessa, algum ritmo cósmico do qual só se percebe a presença em certos corpos privilegiados – o dela, o de um pássaro deslizando em meio à tempestade, com imperceptíveis movimentos das asas.

Retomamos nossa jornada rumo ao norte. A praia está exatamente como a deixamos há dois anos, deserta, infinita. Natacha se aperta contra mim com tal violência, que não é mais possível avançar. Ficamos lá, contra a areia, apertados um ao outro, fora do tempo. Ela começa a soluçar, eu a aperto com todas as minhas forças para imobilizar seu corpo trêmulo. Finalmente, ela se acalma. Uma chuva repentina passou sobre nós, sem que nos apercebêssemos. Estamos encharcados.

— Então vamos até o cabo.

O mar se retira. Contornamos as poças cheias até a borda, procurando as passagens onde o solo não está molhado demais. Bancos de areia aparecerem à medida que avançamos. Natacha não solta minha mão, enfiando as unhas até fazê-la sangrar. Chegamos ao fim da praia sem o mínimo esforço. Começa a escalada das rochas ainda reluzentes de água e de chuva.

– Cuidado! Você vai escorregar como da outra vez! – grita Natacha, esforçando-se para me segurar.

– Você sabe, eu fiz aquilo de propósito.

Natacha ri, entrega-se ao riso, submerge nele e não para até ter um acesso de tosse.

– Como os homens são ingênuos! Você imagina que eu não sabia que você fez de propósito...

– Ah, bom...

– Fui eu mesma que o conduzi até os rochedos. Eu me dizia: ele vai, certamente, tentar se agarrar em mim.

Ela recomeça a rir.

– São sempre as mulheres que decidem.

– Claro. Eu tinha uma amiga que dizia: basta vestir calças para que os homens tenham vontade de ir para a cama com você.

– Ir pra cama... claro. Mas havia algo mais entre nós, não é?

– Oh, sim: eu sou sua namorada.

Ela me fixa dentro dos olhos sem pestanejar, como quando quer me seduzir. Mas dessa vez, trata-se de outra coisa.

– O que quer dizer?

– Nada.

– Falamos sobre isso esta noite?

– Vamos ficar? Onde?

– Vamos encontrar algum lugar.

É um albergue no fim da aldeia, milagrosamente aberto nessa estação.

– Dona, a gente pesca o ano inteiro, então a gente trabalha o tempo todo.

A tempestade recomeçou. No quarto, tudo estala. Natacha retira da maleta seu vestido de noite mais sexy. Vestiu-se inteiramente de negro. É o grande jogo.

Lá embaixo, ninguém se espanta com a aparência da cliente. Trazem-nos velas, ao mesmo tempo que os camarões.

– Tem alguma coisa que me confunde um pouco. Você disse que era minha namorada.

– É isso mesmo. Eu sei muito bem que você diz "minha grande amiga". Mas é a mesma coisa, não?

Mantemos o olhar um no outro. Tento colocar meu tornozelo junto ao seu, mas ela se afasta.

– Veja, Natacha, eu gostaria muito que nós falássemos sobre nossa relação.

– O que você espera de mim?

– Tudo.

– Quer dizer o quê?

– Ahn... Eu queria viver com você para sempre.

– O quê? Você nunca me pediu isso.

– É que por um lado eu estava zangado; por outro, você é muito mais jovem do que eu...

– São pretextos.

– Não são obstáculos aos seus olhos?

– Você sabe perfeitamente que não!

– Bem... Penso nisso faz muito tempo... Você quer que a gente se case?

Ela espeta um camarão e morde ruidosamente. Ela o degusta demoradamente. Os camarões que acabam de ser pescados têm um gosto inimitável. No entanto, Natacha não parece sentir o que se passa em sua boca. Ela olha obstinadamente em outra direção. Finalmente, diz:

— Sob uma condição.

— E?

— Que você mude de profissão.

Ah, filha da puta! Ela marcou seu golpe.

Todo o cenário da tarde me volta à memória. E isso remonta a muito mais longe. De toda forma, lutar com ela em qualquer plano que seja, sempre me proporcionou o maior prazer. É por isso que tenho vontade de viver com ela.

— Você bem sabe que se faço essa merda de trabalho, não é por prazer! Não é divertido esperar no frio que um tipo embrutecido ou uma cadela qualquer tenha acabado de tirar sua casquinha. Isso leva horas, com frequência!

— E eu, não tenho que esperar? Você acha que é divertido prestar atenção a cada ruído, toda noite, para ver se é finalmente você? Ou então um telefonema do comissário: "É preciso que a senhora venha imediatamente, descobriram o cadáver de seu marido em um hotel...! Não posso lhe dizer nada mais, a senhora precisa vir", como para seu Dutheuil, hein? Isso é muito para mim, entendeu? — Ela tem lágrimas nos olhos. — Eu sei, você acha que uma moça cujo companheiro não faz nada, sempre acaba por abandoná-lo. Uma moça, não sua mulher! Aí está a diferença, o "plus", se você entende o que quero dizer!

— Claro que sim.

— Aliás, você poderia fazer outra coisa. Por que você não ingressa no ensino? Você mesmo me disse que eles empregavam qualquer pessoa.

Dessa vez, caio na risada. Está cada vez melhor! Ela me dá um pontapé sob a mesa.

– Não se faça de idiota, você tem diplomas, inclusive!

– Você se lembra do meu amigo Mário? Imagine que o encontrei anteontem, bem perto da nossa casa. Sabe o ginásio que fica na esquina com a avenida...

– Passo na frente dele todos os dias, você sabe disso, meu querido.

– É lá que ele ensina atualmente. Teve que mudar de instituição. Depois de ter tirado férias por doença durante três meses. Uma úlcera no estômago. Trata-se de uma forma de depressão, como qualquer outra.

– E por que ele ficou doente?

– Faz um ano que ele entrou para essa brilhante profissão, não havendo encontrado nada de melhor, é verdade. Antes mesmo de começar o trabalho, o diretor o chamou. Ele lhe explicou que, evidentemente não se tratava de um estabelecimento particularmente brilhante... não estava no século XVI.

"'Você vai ver', lhe disseram. 'Desde a primeira hora, um certo número de alunos lhe pedirá permissão para ir ao toalete. Na verdade, vão se drogar. Você não tem nada com isso. Você dá a autorização e, quando eles voltarem, faça de conta que não percebeu nada.'

"'Eles voltavam totalmente pálidos', dizia Mário. 'Eles se drogam com qualquer coisa. Com produtos nojentos. Os pais de nada sabem ou fingem nada saber, os supervisores tampouco.'

"Certo dia, aconteceu o pior. Um tipo – língua comprida – instalou-se na primeira fila, abriu um jornal esportivo conservando-o aberto e bem alto, entre Mário e o resto da classe, de modo que o professor não pudesse ver os alunos. Mário lhe pediu polidamente para fechar o jornal ou ir ler no fundo da sala.

"'Você quer que a gente saia? Então, a gente se manda, seu merdinha!'

"Mário é um tipo muito esperto, muito hábil, nunca recebe as provocações de frente. Mas dessa vez ele não soube o que fazer. Finalmente ele saiu, não para lutar, mas para falar com o diretor, e lhe deixar o trabalho de resolver o caso.

"'O senhor é um educador lamentável, meu amigo! Hoje, veja você, nós não temos necessidade de professores com um monte de conhecimentos abstratos – mas de educadores, de bons educadores.'

"Mário foi ver um médico, para fazer como os outros, sair de lá o mais rápido possível. Só que o médico descobriu uma úlcera de verdade. Depois da licença, deram-lhe um cargo um pouco menos difícil de suportar. Foi assim que deparei com ele, por acaso, outro dia.

"Você compreende, Natacha, minha querida, o ensino evoluiu muito. Nada comparável a esse cantinho bem tranquilo, para uso dos encobertos do regime, lá onde você trabalha. Com secretárias, conferências, colóquios no estrangeiro, viagens pagas pela princesa, entrevistas com a imprensa.

"Mário tem uma namorada que faz o mesmo trabalho que ele, ao norte de Paris. Em sua sala de aula, há apenas um francês. Ela não é racista, mas, como nenhum de seus alunos fala francês, é preciso realmente ser muito bom educador para ter sucesso. Ele conhece outra educadora que ensina a oeste de Paris, num belo bairro. Ela tem alunos mais velhos – uma classe de último ano do Ensino Médio. Há sempre uma primeira fila ocupada por jovens que desejam instruir-se. No fundo, os alunos simplesmente se viram de costas para o professor – eles se dividem em diferentes grupos, instalados em volta de uma mesa. De vez em quando, um grupo desaparece durante a aula, para reaparecer no fim da tarde, ou no dia seguinte.

"Um dia, a amiga de Mário viu que um deles se aproximava de sua escrivaninha. 'Ontem fomos dar uma volta e nos demos mal. Mas ninguém deve ficar sabendo. Está claro, gata? Se lhe fizerem perguntas sobre isso...' E tira uma faca apontando-a delicadamente para a barriga da professora.

– Vai até esse ponto?

– Evidentemente, isso não aparece na televisão. Na TV, você vê os companheiros do regime, os da IRS e todo tipo de gente.

De repente, arrependo-me de falar assim.

– Escute, não vamos estragar a vida com essas histórias. Vamos comer nossas lagostas. Já que você quer assim, mudarei de trabalho.

Degustamos nossas lagostas.

– É verdade que há muito tempo você pensa em casar comigo?

– No fundo, desde que eu a vi, desde que você ergueu a perna, naquela praia...

– Eu também, faz muito tempo que penso em alguma coisa assim.

Retiro da boca uma pata de crustáceo, para melhor concentrar minha atenção.

— Por que você não escreve tudo isso? Seria formidável, não? Você ganharia o mesmo dinheiro e talvez até mais. Não sentiria frio nos pés. E seria menos perigoso. — Ela reflete. — Se você dá um tiro de revólver em um romance, isso não mata ninguém. E se atiram em você, você não corre nenhum risco!

É difícil ficar sério.

— Além disso — acrescento —, não faz barulho. Não há necessidade de usar silenciador!

— Você está zombando de mim!

— Os autores de romances policiais cujos gângsteres instalam silenciador no fuzil, para matar sem serem percebidos, não sabem de nada, são completamente nulos!

— Você continua a zombar de mim!

— Nada disso. Sua observação é sensata. Espinosa pensa da mesma maneira.

— O que diz Espinosa?

— Ele diz que quando em um romance há um cão que late é como seus tiros de fuzil: não faz absolutamente nenhum ruído!

— Você não vai me fazer acreditar que Espinosa falou sobre romances policiais, vai?

— Ele escreveu diversos...

— Chega!

Quando Natacha está amorosa, ela aceita dançar para mim. Começa pelo número que me deixa sem fôlego. A perna esquerda vai de um só golpe até o teto. Se ela está de frente, a saia ondula lentamente ao longo dessa reta perfeita que foi traçada por seu movimento instantâneo. E depois, se minha súplica for ouvida, ela roda um quarto de volta e é para mim que se levanta a perna miraculosa. Começa então, para meu uso pessoal, um desfile de moda de *lingerie* feminina. Calções de algodão branco, dito de "camponesa russa", bem simples, mas não sem valor, em se tratando de valorizar a cor rosada da pele. Bem rápido vêm as rendas, as sedas transparentes e recortadas. Quando termina o desfile de apresentação, mal tenho tempo de perceber, sobre o triângulo negro concebido pelo mais genial dos artistas, como sobre uma praia incendiada pelo pôr do sol, o brilho pálido e rosado de uma concha mágica. Natacha toca seu corpo e estende a meus lábios seus dedos molhados.

14

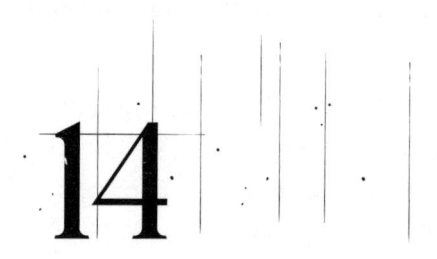

No dia seguinte da nossa volta, a agência me telefona. Ora essa! Eu havia esquecido completamente daqueles lá! É a secretária, da parte do chefe. Ele queria saber em que ponto estou.

– Ele deseja me ver hoje?

– Não, dentro de uns dez dias. Nada de urgente. É só para constar.

Em que ponto estou? Para dizer a verdade, estou rodando em círculos. O que fico sabendo, como em Étraval no outro dia, confirma o que penso, mas não me faz progredir um só passo. São muitas provas, testemunhos possíveis, mas como não existe investigação, a não ser a minha, destinada a permanecer na sombra, isso não serve para muita coisa. Com certeza, eu poderia parar aí, enviar um relatório negativo – aquele que todo mundo espera. E, no entanto, nem que fosse para receber o pagamento corretamente, seria preciso que eu soubesse um pouco mais. Coisas que eu não diria, mas que deixaria subentendido que estou a par. Se desejarem realmente interromper a investigação, eles se mostrarão mais generosos.

Penso, de repente, em Irène de Thirvault. Dela também eu havia me esquecido completamente. Dou-me conta de que negligenciei essa pista com certa superficialidade. Na medida em que a senhora Dutheuil e os Nalié não querem dizer mais nada, e lastimam talvez o fato de terem falado demais, somente ela poderá ainda me conduzir a alguma parte.

Uma vez atravessada a porta que gira lentamente sobre si mesma, reencontro aquele ambiente que me é tão estranho. Existe algo de insólito nessa impessoalidade deliberada. Mas aprecio cada vez menos esses lugares vazios, seu silêncio que ninguém ouve. Onde estão vocês, praias do Norte, varridas pelos ventos, repletas dos rugidos do mar!

Uma jovem atende na recepção. Como me dirijo para as poltronas da entrada, que formam uma espécie de sala de espera, mas onde se tem a impressão de que ninguém jamais permanece, a jovem diante da qual passei, sem vê-la, levanta-se e se dirige a mim.

– O senhor deseja?

– Estou esperando alguém.

Tiro um jornal financeiro do bolso e mergulho na leitura. Ela hesita e retoma seu lugar.

De vez em quando, ela me lança um olhar cheio de suspeitas. Estou vestido de tal maneira, que tenho o ar de fazer parte da corte, como diria Marie Nalié. Ela não ousa intervir.

É o fim do expediente, mas esses altos funcionários e outros diretores que possuem aqui seus escritórios não são como a ralé: eles trabalham muito mais. Enfim, a partir de sete horas, alguns começam, realmente, a se mostrar. Passam rapidamente, sem prestar atenção a ninguém. Por precaução, dissimulo meu rosto atrás do meu jornal. E a espera se prolonga. Muita gente já foi embora, e Irène não aparece. Contanto que ela saia por aqui... Começo a me inquietar. Finalmente, é ela. Reconheço de longe seu jeito. Uma certa postura, inclusive: ela não parece uma secretária de terceira categoria! Maquiada como se fosse à ópera, o vestido é de estilista. Escondo-me novamente.

Saio do suntuoso edifício atrás dela, a uma distância respeitosa. Não muito perto, a fim de não ser observado, nem longe demais, por medo de perdê-la de vista.

Para minha grande surpresa, ela não vai para o estacionamento mais próximo – caso em que eu havia previsto sentar-me a seu lado em seu carro –, mas dirige-se sem pressa para o metrô. Ele está cheio. No meio dessa multidão, até uma mulher tão elegante passa despercebida. Minha tarefa é fácil. E depois, eis que ela toma o RER. Sobe no segundo andar do trem, onde se tenta empurrar o máximo de gente possível. Feliz acaso: dois assentos ainda estão livres, para os quais ela se dirige rapidamente. Ela senta-se ao lado da janela e eu ao lado dela. Viro a cabeça para o corredor. Ela não me reconheceu.

De repente, apesar da confusão no trem e do barulho das rodas, sinto uma modificação se produzir na alma de minha vizinha. É como se alguém jogasse suco de limão sobre uma ostra. Percebo todo o seu ser se contrair.

Alguma coisa estranha, esse fenômeno de telepatia! Um filósofo fantasista escreveu uma tese sobre a visão não retiniana. Ele afirma que não se vê apenas com os olhos, mas com todo o corpo, e com as costas também. E, de fato, quantas vezes não me aconteceu dentro do metrô, precisamente, experimentar que alguém atrás de mim estava me olhando. Quando me virava, via o rosto de uma mulher mudar de direção e fixar a atenção em outra parte. E ela, cujo olhar se perdia ao longe, agora sabia quem eu era, que a estava olhando. Ela sabia que eu sentia seu olhar pousar na minha nuca antes de me virar bruscamente para ela. Ela havia percebido minha intenção, o que lhe havia permitido virar-se, antes mesmo que eu me desse conta de que ela estava olhando para mim. Nossos olhares não se cruzaram nunca e, no entanto, sabíamos tudo um sobre o outro, ou ao menos sobre nossos respectivos movimentos de cabeça.

Essa situação singular tinha com frequência felizes consequências. Quando a viajante descia, eu a acompanhava e no momento de lhe dirigir a palavra, a tomada de contato se desenrolava sem muita dificuldade.

De nada adiantava ela dizer: "Mas senhor, eu não o conheço!". Eu acrescentava: "Mas é claro que sim... Fui eu quem você encarava no trem, eu mesmo, ou então minhas costas. Quando o percebi, virei-me para você. Mas você se virou imediatamente, etc.".

Examinava rapidamente a expressão de minha interlocutora, dividida entre sentimentos diversos, e, se ela era bonita, continuava no mesmo tom: "Veja, nós já nos conhecemos. Eu me pergunto se já não nos conhecíamos antes desse encontro imprevisto".

"É claro que não!"

"Platão explica, contudo, que quando dois seres entram em relação como nós acabamos de fazer, é porque já se encontraram em outro mundo. Se não fosse isso, não poderiam se reconhecer, não é mesmo?"

Desconfiança e inquietude se apossam da jovem mais ou menos interrogada.

"É exatamente porque você já me conhecia, que me olhou e reconheceu, mesmo sem ver meu rosto; veja você: sem nem mesmo ver o meu rosto! E é pela mesma razão que percebi sua presença e soube que era você, sem também tê-la visto. Extraordinário, não é mesmo?"

"Você é completamente maluco!"

"É difícil de dizer... eu, ainda vai, mas Platão? Você não vai sustentar que Platão, o fundador do pensamento ocidental, que é o seu tanto quanto o meu, perdeu a razão!"

Diversas das minhas aventuras de juventude começaram dessa agradável maneira. O que não as impediu de terminar, com frequência, muito mal! Platão, Platão, por que me abandonaste?

Alheia ao curso de meus pensamentos, a senhora Irène de Thirvault parece não apreciar minha presença imprevista perto dela. Como a viajante de minha juventude, ela virou a cabeça e, através do vidro, fixa um ponto invisível dentro da noite. Também eu olho para a noite. É muito raro que luzes se estendam como estrelas cadentes, perfurando a muralha negra. O que estará ela pensando? Ela se cala e faço o mesmo.

Finalmente, o trem diminui a velocidade. Ela se levanta e quando o trem se imobiliza, eu a acompanho na plataforma. Ela hesita, parece procurar uma direção, dirige-se para a passarela que cruza as pistas e permite alcançar a saída oposta. Sigo seus passos. Ela começa a correr. Em uma passagem mais escura, escorrego em um degrau e caio sobre o joelho com tal violência que sinto forte dor. Tomara que minha calça não tenha rasgado! Com um salto eu a alcanço, seguro um punho que se agita desesperadamente no vazio, para escapar a mim. Eu o aperto com mais força, torço-o levemente e a imobilizo.

Ela está furiosa.

– Solte-me ou vou gritar!

– Não faça isso! Seria tão desagradável para você, quanto para mim. Está vendo aquele café iluminado mais adiante? Vamos até lá como bons amigos. Tenho duas ou três perguntas a lhe fazer. Em seguida, você estará liberada. Não tem nada a temer.

Nós nos encaramos na sombra. Solto seu punho. Ela me segue.

Eu a instalo com as maneiras de uma pessoa do seu meio, puxo a cadeira, lanço o mesmo olhar que ela a este café de subúrbio. Ela não quer tomar nada, eu peço mesmo assim algo para dois.

– A senhora zombou de mim – digo-lhe gentilmente. – A senhora conhecia muito bem Dutheuil e sabia perfeitamente o que ele fazia, desde que deixou provisoriamente a direção de seu serviço, que era também o seu.

– Bom. E então?

– Então... a senhora deveria ter-me dito.

— Para que, se o senhor mesmo sabe de tudo?

— É que agora há dois órfãos, uma viúva, amigos perturbados, uma depressão. Sem falar no tormento de não saber, de nunca vir a saber.

— O que posso fazer?

— É muito simples: a senhora me fornece algumas informações que vim lhe pedir.

— O senhor está encarregado de reabrir uma investigação?

— Melhor dizendo, de fechar o dossiê.

Ela me encara com atenção.

— Se a questão é fechá-lo, basta cada um voltar para casa e não pensar mais nisso.

— Um dossiê, a senhora sabe, deve ser terminado por uma frase, e até mesmo uma espécie de conclusão, antes de riscar o traço final.

— O que o senhor quer saber?

— Por que mataram Dutheuil.

Ela não reage.

— No fundo — continuo —, há duas possibilidades.

Seu interesse é tal, que julgo oportuno fazer uma pausa. Aproveito para lançar um olhar através do vidro. O local é sinistro. Os últimos viajantes desapareceram na noite. Só os faróis dos carros continuam sua ronda.

— Evidentemente, dinheiro como aquele, que devia transitar por Londres, cria uma situação muito particular. Mesmo que tenha sido ganho honestamente pelas empresas — seguro a vontade de rir —, a partir do momento em que se empilha sob forma de maços dentro de maletas que estão em mãos de quem as carrega, esse dinheiro perdeu toda a legitimidade. Sua origem é inconfessável, seu destino secreto. É como o dinheiro da máfia.

Refaço um pouco os modos de Joyeux... Ela permanece impassível. Não consigo deixar de pensar em sua atitude em nosso primeiro encontro. Foi no trabalho, com presidentes e diretores, que ela aprendeu a se controlar com essa rigidez que passa por superioridade.

– Aqueles que transportam maletas não são melhores em nada! Eles entraram em um universo perigoso, o da suspeita e da tentação ao mesmo tempo. Tanto dinheiro ao alcance da mão, só ter que apertar um botão para fazer deslizar alguma grana!... que estará faltando na chegada, evidentemente. As pessoas que manipulam o dinheiro da droga afrontam uma possibilidade vertiginosa. É por isso que são de tempos em tempos encontrados, amarradas dentro de um saco, no fundo de um porta-malas ou de uma lagoa.

Faço uma nova pausa. Seus lábios estão imóveis, os dedos apertam-se ligeiramente sobre o peito. Entre os dois lados do seu casaco, percebo um rosa delicioso, tão delicado quanto o cinza da primeira vez – e sempre o brilho da cruz de ouro!

– Dutheuil, se a gente pensar bem, encontrava-se em uma situação ainda mais delicada. Ele bem que havia aliviado algumas maletas, também. Mas, enfim, a maior parte delas estava confiada a terceiros. Só que veja: todos esses maços de dinheiro, ele conferiu cuidadosamente; o número exato aparecia em alguma parte de suas anotações... suponho eu.

Ela permanece imóvel, as pálpebras semifechadas, como quando escutamos música. Sua atenção não diminuiu.

– Então como eu dizia, há duas possibilidades. Ou Dutheuil meteu a mão no cofre e foi liquidado por isso, como um vulgar passador de drogas, ou então...

Tomo golinhos de minha água tônica.

– A senhora não bebe?

Um vago sinal de negação.

– Ou então, como tesoureiro meticuloso, ele percebeu que, entre a partida do dinheiro para o estrangeiro e sua volta, havia uma diferença. O que é que a senhora acha disso?

– Não faço a menor ideia.

Aumento o tom da voz:

– A senhora não quer que eu acredite que nunca se perguntou por que Dutheuil foi morto, não é?

– Isso é lugar para se falar sobre esse assunto?

É verdade. O café está quase vazio. O dono e os poucos bêbados que o rodeiam e permanecem ali sem dizer nada parecem se interessar por nós.

– E agora – diz ela, com humor – eu me pergunto como vou para casa. Aqui nunca passa táxi.

– Não se preocupe, a senhora tem um guarda-costas. Eu a acompanharei de volta.

A noite está calma. Desde que nos afastamos da estação, as avenidas estão desertas. Está quase agradável. Caminhamos a passos lentos, sem dizer nada. Há subúrbios e subúrbios. Distingo imóveis de grande luxo. Especialmente aquele na frente do qual ela se detém.

No momento em que me despeço, esforçando-me para obter uma entrevista, ela me segura bruscamente pela mão e me puxa atrás dela até um *hall* iluminado.

– Vamos depressa!

O apartamento no qual entramos aumenta minha surpresa. Impressão imediata de harmonia, à vista de uma sala muito ampla.

– Espere um momento.

Procuro analisar essa sensação de bem-estar que me faz perceber Irène sob um outro aspecto. Nada aqui vem alterar a pureza do espaço. Poltronas e sofás de *design* muito baixos, tão claros quanto o carpete. Estátuas no chão. Móveis extraordinários – cômodas e armários do barroco português ao que me parece – dispostos ao longo das paredes, em alternância com quadros antigos de cores surpreendentemente vivas. Pintura sobre madeira, sem dúvida. Há também gravuras claras. Chego perto: um desenho de Degas. Cacete! Outros esboços do mesmo gênero.

Ela volta com cerveja, que me serve generosamente. Que aquela garrafa tenha vindo do aeroporto de Londres não me surpreenderia nem um pouco.

Um esforço de alerta luta dentro de mim contra esse calor que vai se espalhando por mim imperceptivelmente. Uma espécie de inquietude, ou melhor, a sensação de que estou no cerne do mistério que vai se desvendar diante de meus olhos maravilhados.

O que acontece não é exatamente o que eu imaginava. Ela se colocou atrás de minha poltrona, de joelhos ao que suponho, para ficar à minha altura. Espero o que ela irá dizer. Mas não: sua mão percorre meu ombro, desfaz sem pressa minha gravata, desabotoa minha camisa e desliza contra minha pele.

Viro-me estupefato. Ela pousa os lábios sobre os meus.

15

Deve ser meia-noite quando ela me propõe tomar alguma coisa. Ela me estende uma espécie de roupão de banho. Eu me reúno a ela em uma sala inteiramente branca também, diante de um prato de salmão. Ela degusta champanhe.

– Você não tem nada contra?

Passo com desgosto do mundo do amor para o da investigação policial. Levantando-me diversas vezes para gerir esta transição, beijo sua nuca, mordiscando-a com entusiasmo.

Ela se relaxa sem pressa. É a primeira a falar:

– Acho que você tem razão. Dinheiro se perdeu em algum lugar, e é esta a causa do drama.

– A meu ver, não foi Dutheuil quem pegou o dinheiro. Se ele o tivesse feito, como era ele também quem controlava as contas, ninguém teria descoberto. Mas se foram outros que desviaram os fundos, então ele percebeu tudo. E se isso aconteceu, ele contou, sem dúvida. E se contou...

Seus olhos, que têm a cor de uma antiga peça de faiança alemã, estão pousados em mim. Eles possuem a atenção extrema, a intensidade, a fixidez inquietantes de um pássaro. Contudo, ela sorri para mim.

– Se ele contou...

– Se ele contou, colocou-se em perigo de morte.

Ela baixou os olhos, estendeu a mão sobre a toalha, pegando a minha e apertando-a, antes de a levar aos lábios.

– Acho que você tem razão... Jure que nunca irá repetir o que vou lhe confiar.

Nós nos olhamos longamente. Uma prega se forma nos cantos dos lábios. Levanto-me novamente.

– Escute... Há algumas semanas, fui ao encontro do presidente em seu escritório. Esse escritório é precedido por um salão onde fica uma secretária encarregada de conduzir os visitantes pela grande porta. Do lado, permitindo acesso direto ao escritório, existe uma passagem reservada aos colaboradores imediatos. Naquela tarde, eu me preparava para entrar por lá, quando ouvi... uma discussão em voz alta. Uma explosão inteiramente fora do comum nesses lugares. Em seguida foram gritos. Eu me refugiei no fundo de um pequeno corredor, e do local onde me encontrava, era impossível me mexer. Repassar pela porta lateral seria arriscar ser vista. Permaneci presa ali, durante o tempo todo do incidente.

"Reconheci a voz de Dutheuil: 'Se vocês acham que eu vou levar a fama, enganam-se!' Em seguida, uma outra voz que tentava acalmá-lo, a do chefe.

"Um terceiro personagem, vociferante como ele, enfrentava Dutheuil: 'O senhor não tem nada que se meter nisso; não é da sua conta!'.

"'Como não é da minha conta? Sou encarregado de levantar os fundos e tenho responsabilidade sobre eles.'

"O outro então explodiu: 'Sua grana é a das putas!'

"Dutheuil urrava: 'Pois então! Que ele venha das putas ou de outra parte, ele é destinado às eleições, a nada além disso!'

"Ouvi o chefe dizer: 'Senhores! Senhores!'.

"Houve uma pausa e, em seguida, Dutheuil, tão furioso quanto no início, retomou: 'Se o senhor deseja continuar a adquirir armas, faça isso com seu próprio dinheiro. Não tenho nada a ver com esses libaneses!'.

"'Senhores!'

Houve um barulho bastante forte, como o de uma cadeira que é derrubada. Tive a impressão de que o chefe se interpunha fisicamente entre os dois homens. E então a voz daquele que eu não conhecia elevou-se novamente, ameaçadora: 'O senhor é um encrenqueiro e pretensioso, Dutheuil! O senhor se acha o mais forte, e não vai demorar muito a perceber o seu erro.'

"Ouvi fechar-se brutalmente a porta do escritório, apesar de seu isolamento nas paredes. O homem saiu. Dutheuil e o chefe trocaram algumas palavras em voz baixa. Não entendi tudo o que se diziam. Depois, Dutheuil por sua vez foi embora. Finalmente, o chefe surgiu pela pequena porta que dá sobre o corredor, onde eu ficara escondida. Ele me encarou perplexo. Estava lívido.

"'Eu queria falar com o senhor e... ao ouvir todo esse barulho, escondi-me aqui.'

"Ele passou a mão na testa. 'Muito bem', disse, 'vamos sair daqui.' Ele parecia afobado. Em todo caso, compreendi que ele tinha muito medo.

– O chefe era o presidente da CAF?
– Sim.
– Chefe de Dutheuil também?
– Sim.
– A senhora falou novamente com ele sobre esse caso?
– ... Não.
– Essa cena, no escritório do presidente, aconteceu quanto tempo... antes da morte de Dutheuil?

Dessa vez, ela hesita um bom tempo. Conta mentalmente o número de dias. Ou será que ela não quer dizer mais nada? Ela me lança um olhar aterrorizado:

– Na antevéspera!

Levanta-se bruscamente.

– Chega! Não quero mais ouvir falar desse caso! É absurdo! Roda-se em círculos e não se chega a parte alguma.

Ela retoma o fôlego e gruda em mim.

– Venha!

Antes que nos abandonemos ao movimento deste grande fluxo que nos eleva suavemente e nos conduz ao mar, ela entreabre pela última vez as pálpebras.

– Eu lhe peço, não pense mais nisso! Promete? Sabe, aquele que estava lá era um sujeito muito importante.

– Um ministro, talvez?

– Há pessoas mais importantes do que um ministro. Estou lhe dizendo: até o chefe tinha medo!

16

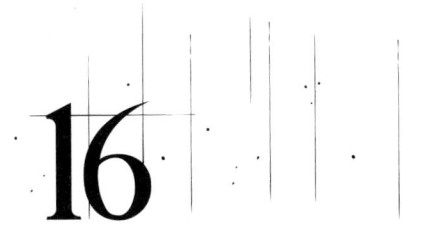

Ela me acorda brutalmente no meio da noite.
– Levante-se, você precisa ir embora imediatamente!
– O que está acontecendo?
– Meu marido!
Ela me estende minhas roupas, roupas de baixo, sapatos, camisa, gravata.
– Vista-se fora daqui!
Ela vai me empurrando:
– Saia por ali!
Abre a porta-balcão que dá sobre uma sacada estreita. O revestimento frontal é de concreto, mas dos lados são barras de ferro. Eu me inclino. Deve ser o quarto andar. As sacadas são superpostas. Pode-se a rigor saltar de uma para outra.
Ela correu até a porta e volta afobada. Tem nas mãos minha capa. Meu revólver está dentro do bolso. Acho que ela reparou nele.
– Ele está chegando, desapareça já!
Fechou novamente a porta-balcão atrás de mim. Eu me penduro nas barras de ferro, meus pés balançam no vazio.

Acentuo o balanço de forma a aterrissar no meio da sacada inferior. Isso é feito com leveza e sem ruído. Fico escutando: nada. Percebo acima de mim a claridade do quarto de Irène. Fico de lado, para deixar minha silhueta invisível a um eventual ocupante do terceiro andar. Tudo parece calmo. Repito a manobra. Segundo. Primeiro. Eu me debruço. A altura parece muito mais considerável desta vez. Daquele lado, o solo deve ser mais baixo, o edifício levemente elevado. Sob a sacada, percebo uma escada. É preciso que eu pule mais longe, se não quiser quebrar os tornozelos. A escada termina em uma alameda de areia, ao que me parece. Depois disso, há um gramado com algumas moitas. Retomo o fôlego. O comprimento do salto necessário é de três ou quatro metros. A altura? Deve ser de uns cinco metros.

Estou suspenso numa posição particularmente desconfortável, os punhos não mais na mesma linha, e sim um atrás do outro. E devo realizar com o corpo um movimento muito mais amplo. Verifico se o cano do meu revólver está no lugar. Vamos em frente.

Consigo alcançar além da escada e rolo no chão. Acabo no meio das moitas. Deu certo. Preciso de uns instantes para me levantar. A folhagem está encharcada. Deve ter chovido. Caminho com dificuldade. Ao rolar, machuquei o mesmo joelho que havia batido ao perseguir essa cretina. Olho o relógio: são quatro horas.

Uma estrada acompanha o espaço verde onde me encontro. Ela parece dirigir-se a lugar nenhum. Decido voltar pela avenida por onde chegamos. Ao lado do edifício existe um estacionamento. Olha só! Examino no escuro os veículos estacionados lado a lado. Dois ou três são carros de luxo. Sobretudo um deles: eu me aproximo e apalpo o capô. Está quente. O ventilador de refrigeração ainda funciona. É quando com uma luz reverberando a distância, percebo que minha mão está cheia de sangue. Aproximando-me da luz, vejo sangue por tudo. Minha capa está coberta de manchas escuras. O sangue escorre de meu pulso direito. Devo ter me enganchado em uma dessas barras infernais, ou algum galho enquanto rolava pelo chão. Pego meu lenço e avanço até a avenida, enquanto vou tentando estancar o sangramento. De que lado será que fica a estação?

Volto para o carro. Se eu pudesse descobrir seu número! À noite, não é fácil. Arregalo os olhos. Deslocando-me bem perto da placa, consigo percebê-la. Procuro em vão minha caneta. Contanto que não tenha caído na casa de Irène... Arranco da carteira um pedaço de papel. Não há outra solução: vou escrever o número com meu sangue. De joelhos, molhando o dedo mínimo da mão esquerda no sangue que continua a correr, traço com essa tinta improvisada alguma coisa no papel apoiado nas coxas. Faço secar tudo, antes de retomar a caminhada em direção à hipotética estação.

Se pelo menos um táxi passasse por aqui... mas não. O local está completamente deserto. Começou a garoar. A avenida não termina nunca. Devo ter me enganado de sentido.

Em meio à garoa, repenso nesse caso. Claro que não foi Dutheuil quem pegou o dinheiro! Eles o liquidaram, porque ele percebeu a diferença ao recontar o dinheiro. Ele cometeu o erro de dizer isso – quem sabe, de exigir a soma desaparecida! A observação da senhora Nalié me volta à mente. Ela dizia que o genro era de uma honestidade escrupulosa – em meio a essa vida de festas e banquetes intermináveis. Fico tentado a acreditar nisso. Ele não tinha grande coisa a pagar do próprio bolso, e o dinheiro lhe era indiferente. Tudo isso era uma espécie de jogo que servia para excitá-lo e ele vivia dessa excitação.

Continuo a andar com dificuldade sob a garoa. E de repente, começo a sentir frio. Não é apenas o ar do ambiente, nem o gasto maluco de energia desta noite de amor.

Na *antevéspera*! A cena aconteceu na antevéspera! A decisão dos assassinos foi tomada naquele dia, às pressas. Por isso a execução foi um pouco descuidada, e eles tiveram que enviar aquele prefeito complacente para aparar as arestas, vigiar a senhora Dutheuil, dissuadi-la de ver o cadáver, de fazer queixa. Foi sob a influência desse amigo fiel que ela aceitou, como por certas, as explicações do policial, o inacreditável desaparecimento das roupas, a história do relógio também. O mais importante, contudo, é a dicussão nos escritórios do presidente com aquele que Irène não quis revelar o nome, mas que é, provavelmente, um dos poderosos nos meios políticos. O arrebatamento de Dutheuil fez mudar o curso das coisas. Quer sua cólera explodisse naquele dia, ou em outro qualquer, isso o condenaria à morte. Paradoxalmente, mas de maneira muito compreensível nesse universo de torpezas, a honestidade foi o grão de areia na engrenagem.

Cinco horas! Eu me perdi completamente. Através do chuvisco que se transforma em chuva, percebo uma silhueta.

Ela se desloca no mesmo sentido que eu. Acelero o passo. É um mendigo que empurra um carrinho diante dele. No momento de chegar perto dele, assisto a um espetáculo surpreendente. O homem estende a mão esquerda, como para dar sinal de que vai virar; ele vira, efetivamente, encontra a avenida e penetra em uma rua minúscula, da qual ele me revela a presença. Eu lhe pergunto onde fica a estação. Não adianta nada repetir, ele não compreende o que eu digo. Ele fala por sua vez, e eu não compreendo nada tampouco: são sons desarticulados. Finalmente, ele retira do carrinho uma garrafa de vinho tinto que me estende. Sua fisionomia se ilumina. Com a mão, ele bate na garrafa, tentando me fazer compartilhar seu prazer. Ele ri. Eu também rio. Permanecemos por um momento um de frente para o outro, unidos por esse riso, indiferentes ao toró que redobra.

Retomo meu caminho. As construções acabam de repente, a avenida se interrompe em pleno campo! Meia-volta. Ando muito rápido. Não há mais ponto de referência, a não ser esta avenida a percorrer no outro sentido!

Fico rememorando as palavras de Irène. E especialmente estas: "Até o chefe tem medo!" É verdade, ela disse isso e até mesmo duas vezes! Como é que não prestei atenção nisso antes?

Por que é que ele tinha medo? Porque se encontrava diante de um sujeito todo-poderoso? Mas não se opôs a ele, não lhe disse nada. Só que ele *estava lá*. Assistiu a toda a cena, soube na mesma hora quem deu a ordem de liquidar Dutheuil – ele conhece o assassino. Em sua cólera, este último não pensou em nada. Mas uma vez Dutheuil executado, por ele ou por seus cúmplices, esse pequeno detalhe não lhe pôde escapar. Ele se lembrou da cena do presidente que se esforçava para acalmá-los. *O presidente que agora sabe quem são os assassinos. Os assassinos que sabem agora que o presidente os conhece.*

E eis por que o presidente tem medo. Ele também sabe demais. Dutheuil foi eliminado, mas eis que um Dutheuil número 2 surgiu no mesmo instante em que a decisão de liquidar Dutheuil número 1 foi tomada. A consciência de Dutheuil renascia de suas cinzas! É a consciência das condições exatas de sua morte e, ao mesmo tempo, daquele em que esta consciência habita, que se encontram eles próprios ameaçados de morte! Pois não foi um coroinha de igreja que mandou assassinarem Dutheuil número 1. Foi, isso sim, o chefe de uma dessas gangues políticas que disputam o poder – e a grana!

E o monopólio desse tráfico de armas! Isso é que é, sobretudo, perigoso, essencial, vital – muito mais perigoso que o simples comércio da droga, que qualquer um pratica livremente sob os olhos benévolos da polícia.

Tudo isso o presidente sabe! E Irène também. O medo de seu chefe passou para ela. E foi esse medo que ela me transmitiu por sua vez.

Vejamos, por que Irène compartilha de forma quase física o medo de seu chefe? Seria ela tão próxima dele? A verificar.

Fico pensando, de repente, no seu estranho comportamento com relação a mim. Ainda que eu esteja fechado nessa bolha de voluptuosidade, onde as coisas perderam seus contornos, onde não há mais nada a não ser este abalo de todo ser e sua exaltação, tento ver com clareza tudo isso. Uma coisa é certa: nada do que ela fez nessa noite foi premeditado. Ela não sabia que a passaria comigo. Ela não tinha nenhuma intenção de me passar todas essas informações – decisivas! No seu escritório, enfrentei uma muralha. Mesma coisa, quando ela me viu a seu lado no RER. Tentou livrar-se de mim o mais rápido possível! E depois ela mudou de ideia. Será que ela simplesmente teve vontade de transar com um tipo qualquer? A brusquidão do ataque, aquela minha maneira de obrigar alguém a se sentar diante de mim e ir ao fundo da questão que a pessoa desejava evitar, essa perturbação não é tão diferente do aparecimento do imprevisto do desejo – e pode conduzir a ele. Fiz a experiência muitas vezes.

Uma vez aceita a ideia da aventura, ela percebeu as vantagens da situação. A ocasião era adequada para comunicar uma mensagem a esta espécie de detetive particular. Mensagem codificada, primeiramente: não sei de nada. Quer dizer: *é preciso não saber de nada*. Em seguida explícita, quando os carinhos se misturaram: pare a investigação, eu suplico! Ela não tinha apenas um argumento muito pessoal para fazer valer: ela se havia entregado a mim e contava fazê-lo novamente. Essa mensagem, como não enxergar que era a mesma que vinha de toda parte: de François Nalié, assim como de sua mulher, da filha deles, assim como de Joyeux, do instinto de Natacha e agora da própria Irène. O aviso era sempre o mesmo: pare de investigar! Que essa injunção surja de pessoas tão diferentes e cujos interesses eram, sem dúvida, tão diversos, dizia muito sobre a força do motivo consciente ou não, confessável ou não, que o inspirava!

Continuo caminhando sob a chuva que redobra e escorre sobre meu rosto. Minhas ideias são cada vez mais claras. Se a investigação deve terminar a todo custo e não chegar a nada, a pergunta que me perturbava no início impõe-se novamente: então, quem a ordenou? Os assassinos sabem que são conhecidos de certo número de pessoas. Em primeiro lugar por eles mesmos, o que não significa nada, pois cada um desses canalhas da máfia política pode falar algum dia, por uma ou outra razão. Do presidente da CAF, em seguida, e de alguns de seus parentes, sem dúvida. A ideia que eu havia tido desde o início do caso volta à minha mente, mais precisa e mais forte: foram os assassinos que solicitaram a investigação particular – tardiamente o bastante, para torná-la impraticável; mas também, talvez, no momento em que cheios de dúvidas eles se perguntaram se não restava algum traço ou testemunha de seu crime: o presidente, por exemplo. Eles não encomendaram a investigação simplesmente para saber o que se conhecia deles, mas para assegurar-se de que os que sabiam, ou viessem a saber, estivessem bem decididos a permanecer quietos e a encerrar. E, finalmente, para fazer passar a mensagem àqueles que continuassem a busca, *àqueles a quem acabavam de encarregar dessa complementação da investigação*. Aqueles, isto é, eu mesmo, pois eu estava sozinho – último executante dessa última tarefa.

Será que pirei de vez? Será que o cansaço desta noite interminável torna meu espírito tão febril que meu corpo começa a tremer? Devo ter um pouco de febre, com certeza, pois aqui está a última suposição que me atravessa a mente. Não foram os assassinos que se dirigiram ao idiota que administra minha agência. Não são tão imbecis! Eles pediram a alguém para fazê-lo em seu lugar. O tipo que berrava no escritório do presidente voltou a vê-lo algum tempo depois, digamos, duas semanas mais tarde. Ele recobrou a calma e as boas maneiras. Polidamente, sugeriu que se procedesse a uma investigação, por uma agência desclassificada, uma investigação com certeza muito discreta que não chegaria a nada. Mesmo assim uma investigação destinada a saber se o fato era conhecido, se poderiam ficar sabendo e, nesse caso, quem sabia. E foi precisamente ele, o presidente, que se encarregou dessa investigação. Ele, o único homem verdadeiramente perigoso e que iria *observar e ser observado ao mesmo tempo*, em suas atitudes e suas intenções, segurado por uma mão de ferro! E bem decidido a nunca se lembrar do que havia acontecido em seu escritório certa noite, na antevéspera da morte de Dutheuil!

Chove cada vez mais, a água chega até o pescoço. Aperto meu colarinho e só consigo me molhar até os rins. E então começo a acreditar em minhas suposições delirantes. A imaginação, que poder de veracidade! Que revelações essenciais ela faz brilhar diante de nossos olhos maravilhados! O presidente, na verdade, não tem nenhum interesse, tampouco, que a verdade seja estabelecida sobre suas manipulações com a grana dessa boa gente ou das prostitutas. Revejo com uma precisão surpreendente as magníficas pinturas do salão de Irène – aquele extraordinário nu de São Sebastião especialmente, cujo corpo se aprofunda sob o olhar que o percebe do alto, em uma espécie de perspectiva cavaleira, cujo centro é, contudo, tão próximo do que ele descobre, que parece comprimir-se contra ele. E o desenho de Degas! Quanto pode custar hoje em dia um desenho de Degas? Não é com o salário de assistente de diretoria que ela pôde pagar por isso! E até mesmo aquele que lhe ofereceu... Penso em todos esses simpatizantes de alto nível dos partidos políticos, em todas essas empresas preocupadas com suas encomendas a chegar. Será que essa gente pegou com uma mão uma parte do dinheiro que colocou com a outra? Isso seria uma gracinha.

O piscar de um semáforo de cruzamento me tira dos devaneios. Estou encharcado. Tento ver no fim da avenida se encontro alguma coisa que se assemelhe a uma estação ferroviária, quando descubro diante de mim uma cabine telefônica. Enregelado, durante uma boa meia hora, espero um táxi. Enquanto isso, coloquei um pouco de ordem em minha pessoa em vias de parecer um mendigo, dobrei minha capa de maneira a dissimular os traços de sangue. Quando finalmente o táxi chega, escondo por sua vez meu lenço escarlate. Felizmente meu chofer é um estrangeiro, que cantarola para si mesmo. Meus problemas não têm o ar de serem os dele.

Quando abro a porta sem ruído, Natacha encontra-se na entrada, de pé na minha frente. Sigo o seu olhar que recai direto em meu pulso. Não havia percebido que ele recomeçara a sangrar.

Ela solta um grito e precipita-se sobre mim.

Tomo consciência da situação e saio um pouco do meu torpor. Quando penso que o frio nem estancou essa merda de sangramento!

Natacha precipitou-se para o armário de remédios. Ela volta com curativos e produtos de todos os tipos, arrasta-me para o banheiro, tira minhas roupas, lava conscienciosamente uma ferida, da qual descubro com espanto a gravidade. Ela faz tudo isso com uma precisão de gestos e calma admiráveis.

Quando terminou, olha para mim longamente e depois desata em soluços.

17

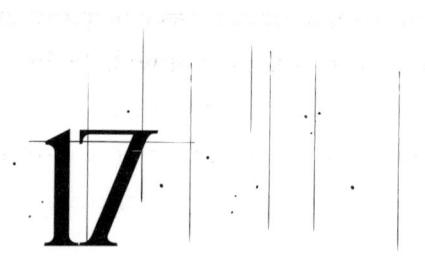

À uma hora, o telefone me acorda. É Natacha, que me telefona do escritório. Percebo sua angústia. Pela entonação de sua voz, também sei que ela não está só. Ela sente muito por me haver acordado, só que estava um pouco inquieta... Já fui procurar um médico?

– Estou em plena forma, dormi sem interrupção. Escute, você foi adorável. Estive fazendo uma vigilância sem problemas e, no escuro, não reparei em uma grade jogada na calçada. Aliás, o que é que ela estava fazendo lá?! Quebrei a cara como um idiota.

Ela muda de assunto. Eu já comi? Encontrei um bilhete sobre a mesa de cabeceira? Há uma garrafa de *bordeaux* sob a janela.

– Tome um pouco de vinho, isso vai recuperá-lo. Promete?

Eu lhe dirijo diversas declarações de amor sucessivas e percebo que ela volta à vida. Eu não me sinto muito orgulhoso de mim mesmo, mas de longe isso não se percebe.

Ainda tem salmão. Como tudo. Antes de sair, telefono a Joyeux. Esse cara está sempre no trabalho!

— Escute, meu velho. Preciso muito saber a quem pertence um carro. Um carro enorme, todo equipado, pelo que pude verificar.

Dou o número da placa.

— Você me faz rir! O que é que você acha? Que não tenho mais o que fazer?

— Preciso muito dessa informação, e o mais rápido possível. Telefono para você à noite.

Desligo. Como o conheço bem, Joyeux deve estar furioso. Mas em razão do comportamento paternal, ou desejo de prestígio, ele vai me despejar o que lhe peço.

Na espera, proponho-me a verificar eu mesmo minha pequena ideia.

A partir da estação, encontro sem dificuldade meu caminho. Belo edifício, na verdade. Ao vê-lo, tomo um choque. Quer eu deseje ou não confessar a mim mesmo, quando essa linda mulher mais ou menos recomendável me tomou pela mão, eu estava vermelho de prazer. É engraçado que se possa sentir por dentro o que se passa em seu rosto. Eu continuo sem determinar, no fundo de mim mesmo, se naquele momento ela tinha tido realmente um desejo por mim, ou se tinha aproveitado a ocasião de saber até onde eu havia chegado em minha investigação. Pouco importa. A primeira hipótese, a mais lisonjeira para mim, comporta uma parte de ilusão, do que aprendi a não mais ser enganado. Qualquer que seja a emoção que ele suscite em nós, o desejo físico, aquele que experimentamos ou o que suscitamos permanece estranho à nossa personalidade real. Um outro, quer se trate de nós mesmos ou daquele que hoje em dia chamamos bem agradavelmente de nosso parceiro, resolveria bem o problema, desde que ele responde a um certo número de critérios estereotipados. Não há do que se vangloriar. A sexualidade só conhece indivíduos intercambiáveis.

Apesar dessas amargas reflexões, constato que uma parte de minha embriaguez noturna continua me agitando. A vida decididamente se diverte com o curso de nossos pensamentos, o encadeamento das causas pelas quais nos esforçamos por conduzir sendo totalmente incapaz disso. Em todo caso, não estou perto de esquecer minha noite com Irène.

Calando em mim essas lembranças demasiado próximas, dirijo-me para o o apartamento da zeladora. Tomara que ela esteja lá... Ela se encontra lá, cheia de suspeitas.

– O senhor deseja?

– Bom dia, senhora, tenho algumas informações a lhe pedir. A senhora conhece a senhora Irène de Thirvault. Ela é casada?

Minha interlocutora está indignada.

– Mas, senhor! Não estou aqui para contar a vida dos proprietários! Por quem o senhor me toma? Saia, por favor!

Meto em seu nariz o cartão que me passou Joyeux. Ela empalidece. E agora, dissimulando o sorriso, estendo-lhe a armadilha. Aproximando-me dela e, com um tom confidencial e amigável:

– Entenda bem, senhora. De acordo com a lei, a senhora não é obrigada a me responder.

Ela hesita.

– E então, por que eu lhe responderia?

– Se a senhora não responder, será convocada pelo juiz de instrução, por carta precatória. E lá, a senhora será obrigada a falar. Seu testemunho será registrado por escrito e fará parte do dossiê. Aqueles implicados na questão ou seus advogados poderão ter acesso ao seu depoimento, para saber o que a senhora terá dito sobre eles, etc.

Ela rola os olhos assustados. Agora eles me examinam da cabeça aos pés.

– Enquanto que se a senhora responder a duas ou três perguntas muito simples que tenho a lhe fazer, ninguém saberá de nada. E ninguém virá mais incomodá-la...

Ela respira ruidosamente.

– Então, a senhora De Thirvault tem marido?

– Não que eu saiba.

– Ela tem um namorado?

– ... Sim.

– Ele mora com ela ou vem de vez em quando?

– Ele vem de vez em quando.

– E quando é isso?

– À noite... no fim de semana.

– Ontem à noite, ele veio?

– Eu não o vi chegar, mas hoje pela manhã reconheci seu carro quando partia.

– Ele o deixa no estacionamento? Trata-se de um automóvel grande?

— Ah, sim!
— É um homem importante?
— Oh, sim!
— De que tipo?
— Oh, pessoa muito distinta. Sempre bem-vestido, muito correto, polido. São pessoas muito distintas.
— Ele é mais velho do que ela?
— Caramba, sim. Poderia ser pai dela. Ele tem os cabelos brancos. Um homem muito distinto.
— Ele é grande?
— Sim, bem corpulento.
— A fisionomia?
— Eu não saberia lhe dizer... Ele tem boa aparência, traços regulares. Usa óculos. Tem um ar inteligente.
— Como são seus óculos?
— Armação de ouro.
— Desde quando a senhora De Thirvault mora aqui?
— Faz três anos, acho eu.
— E ele começou a vir desde que ela chegou?
— Sim.
— Como é na casa deles?
— Oh, é magnífico, senhor! Há obras de arte, quadros.
— Eles são ricos?
— Oh, caramba, sim!

Ela se agita agora. Gostaria de falar mais sobre isso. É chegado o momento:

— Quando ele não está, outros homens vêm ter com a senhora de Thirvault? Homens mais jovens...

— Oh, não! Não! A senhora de Thirvault é uma pessoa ótima. Ela é muito fina também. Não faz seu gênero, oh não, senhor!

Melhor assim! Prefiro mesmo que a mulher que tive nos braços não pertença a todo mundo.

— Bem. Eu lhe agradeço, senhora. A senhora não será mais incomodada... A propósito, ninguém precisa saber que vim visitá-la, nem o que dissemos um ao outro. Ninguém.

Ela se inclina com ar grave. Ao sair, entro na primeira cabine telefônica.

— Seu carro pertence ao presidente da CAF, me diz Joyeux. Está contente?

— Como é o nome... do presidente?

— Você está cada vez mais curioso. A curiosidade é um defeito muito feio...

— E então?

— Léon Switen.

— Você sabe como é a aparência dele? Você já o viu?

— Não. E você viu?

— Não. Mas sei como ele é.

— Não banque o esperto, criança! Pense, sobretudo, onde você vai colocar seu ventilador!

Silêncio, depois Joyeux conclui dizendo que precisamos nos encontrar logo.

Percebo sua inquietação a meu respeito, ela me faz bem.

18

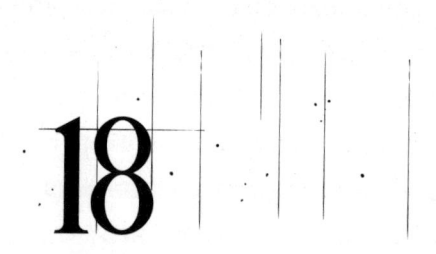

A inquietação de Natacha também, quando volta do escritório. Felizmente, tive tempo de passar no médico. Ela examina meu curativo.

— Perfeito, não?
— O que foi que ele lhe disse?
— Está tudo bem. Eu tinha sido vacinado contra tudo, imagine!
— Você se lembra do que me prometeu?
— Ahn... a respeito do quê?
— Você já esqueceu! Seu trabalho.
— Não penso em outra coisa. A investigação está quase terminada. Amanhã, todos os elementos estarão em ordem. Em seguida, eu os comunicarei à agência.

No dia seguinte, decido ir passear. Nada como isso para manter as ideias claras. Natacha aprova meu projeto.

— Pegue o carro.

Dirijo-me para a floresta de Fontainebleau. Adoro esse lugar, onde Joyeux e eu passamos horas em diversos exercícios paramilitares, entremeados de histórias tortuosas e brincadeiras sem fim.

Colocar tudo às claras quer dizer duas coisas. Recapitular por conta própria o que sei, ou acredito saber sobre esse caso: simples trabalho de memória. Com essa dificuldade que existe sempre na lembrança uma zona de sombra. Essa parte da representação, sobre a qual uma força desconhecida pousou a mão, para subtraí-la do nosso olhar. E é justamente aí que se esconde o enigma. Tenho a sensação, virando e revirando outra vez em minha mente todos os acontecimentos, de que alguma coisa ainda me escapa, que de certa forma, é a mais importante.

O que está me escapando? O rosto, o nome do homem que se encontrava no escritório do presidente, no momento em que a cólera imprevista de Dutheuil produziu aquele confronto brutal. Será que eu estaria verdadeiramente mais esclarecido se Irène me houvesse revelado seu nome, durante um abraço suplementar, se nossa noite de amor não tivesse sido interrompida de maneira infeliz?

Ora, na verdade, o que é que o presidente foi fazer às três horas da manhã na casa de sua namorada Irène? Não havia avião que aterrissasse em Roissy àquela hora, que eu saiba. Quanto aos jantares mundanos, estes terminam cada vez mais cedo. E por que ele foi de improviso? Pois se é que existe algo de certo, é que a bela Irène não tinha nada a ver com sua visita, quando ele apareceu no meio de nossos jogos... Resta uma hipótese, a única. Que um sexagenário, por mais rico e bem conservado que seja, procure algumas vezes assegurar-se da fidelidade de sua jovem namorada. Pode-se imaginar que, com todo o seu dinheiro, ele pode fazer com que ela seja seguida; conheço um pouco disso, por exercer esta louvável atividade, por enquanto minha principal fonte de renda. Mas Irène tem consciência de ser muito vigiada, de mil maneiras, e é precisamente por essa razão que ela é fiel.

E depois essa evidência se impõe a mim, mesmo que ela não me dê tanto prazer: não seria para escapar àquela existência tão regular, tão matrimonial, que Irène aproveitou para oferecer a si mesma um pequeno extra, quando a ocasião se apresentou a ela de forma imprevista e por isso mais tentadora?

Uma ideia mais me vem à mente: não é no mundo muito particular onde ela evolui – um mundo muito distinto, muito chique, onde as pessoas se vestem com alta-costura, frequentam palácios e grandes restaurantes, onde mulheres muito chiques, justamente, não hesitam em passar uma noite em um desses palácios com um desconhecido, um desses estrangeiros muito importantes recebidos por um contrato fabuloso –, não é precisamente nesse mundo que o amante de uma dessas pessoas muito bonitas deve, necessariamente, perguntar-se sobre sua fidelidade?

O que explicaria a razão do presidente da CAF ter julgado útil dar uma passada àquela hora absolutamente insólita na ricamente mobiliada e decorada residência que ele montou para sua caríssima namorada. E é por que esse tipo de invasão imprevista já aconteceu aqui e ali, que Irène por assim dizer a detectou a distância e me expulsou pela porta, ou, mais exatamente, pela janela, ao primeiro sinal de alerta.

E eis a última ideia, o último palpite: ao mesmo tempo que é amante do presidente da CAF, Irène não seria a organizadora da rede de *call-girls* que, dentre atividades diversas – contudo lucrativas – teria igualmente a de transportar dinheiro do partido social ao estrangeiro, eventualmente de trazer de volta clandestinamente uma parte, na volta de um suntuoso e lucrativo – talvez muito agradável – fim de semana londrino?

E é porque seu amante conhece perfeitamente tudo isso, e que as suspeitas que suscita inevitavelmente a alguém bem nascido em um mundo tão depravado – nos limites do qual é preciso viver, mesmo contra vontade – que a dita Irène é tida como mantendo esta existência exemplar, da qual a zeladora da residência testemunhou, desta vez de verdade.

Mas então, se for esse o caso, um último ponto se esclarece, e, na verdade, não o menos importante, na história trágica que levou ao desaparecimento de Jean Dutheuil. É a extraordinária exclamação do desconhecido, quando da discussão fatal no escritório do amante de Irène: "O dinheiro das prostitutas!". O dinheiro dessas parisienses de alto nível, atrizes, manequins e outras criaturas televisionadas que não contribuíam apenas de maneira eficiente à assinatura de múltiplos contratos – contratos de venda de armas especialmente –, mas que deviam também fornecer uma parte a Irène, por mais modesta que fosse, do dinheiro proveniente de suas diversas práticas, e em particular as dos seus charmes individuais.

O mais perturbador não foi essa exclamação; mas o fato de Irène ter sido capaz de me fornecer imediatamente a explicação.

Quanto à altercação fatal entre Dutheuil e o misterioso visitante, que viria a decidir por sua morte, ela se tornava luminosa, também. Se deixássemos de lado a violência das invectivas, ou do afrontamento físico (talvez a cadeira tenha sido brandida por um dos protagonistas diante do rosto do outro, antes que o presidente os separasse) para considerar o objetivo real da discussão e seu conteúdo, este se compreenderia melhor. Dinheiro das prostitutas ou das armas, qual é o mais fácil de ganhar? Essas prostitutas intermitentes, chamadas de *call-girls*, basta escolher entre as candidatas que se oferecem de todos os lados. Caramba, quatro ou cinco pilas por noite nesses tempos difíceis... As armas, é preciso fabricar; fica muito mais caro, mais pesado, mais difícil de transportar. Ir a Londres de primeira classe, com uma taça de champanhe na mão e as valises de notas cuidadosamente etiquetadas no fundo do compartimento, na espera do hotel cinco estrelas e uma orgia eventual, isso é prazer. Isso nada tem a ver com carregamentos noturnos de caixas de fuzis, até mesmo de peças de reposição de aviões e de tanques pesando toneladas, com um exército de mercenários para supervisionar o transporte por caminhos tortuosos, durante dias ou semanas. E há ainda esta pequena diferença: nem o presidente da República, nem o primeiro-ministro, nem seus cúmplices se preocuparão com atos e viagens de pessoas jovens, ocupadas em assegurar sua próxima reeleição. Com as armas, é outra coisa. Os investimentos, os procedimentos de produção mais ou menos clandestinos, as vendas delicadas, as medidas de segurança, nada disso pode realizar-se sem eles. Um negócio como esse é muito mais árduo do que o das prostitutas intercambiáveis, mesmo se elas contribuírem de maneira não negligente ao bom desenvolvimento das operações. Juntando tudo isso, compreende-se a razão de Dutheuil não ter peso suficiente perante o homem sem rosto que ele reprovava sem consideração pelo fato de ter metido a mão no dinheiro. Ele devia ter imaginado. Haviam-no prevenido.

Eis o que revelou minha investigação: a existência de um quebra-cabeças perfeitamente coerente. Cada peça que o compõe não é, sem dúvida, um fenômeno observado em condições ideais – que coisas se passaram à noite! –, mas a inserção no conjunto a torna quase indispensável.

Eu era agradecido a Irène por ter-me permitido voltar à última causa, a partir da qual o encadeamento inevitável dos fatos tornava-se agora perfeitamente compreensível: dinheiro mafioso secreto em torno dele, um perigo permanente, sua contabilidade obscura, dando possibilidade a cada um daqueles que o manipulam subutilizar uma parte em benefício próprio. Mas o maior perigo aparece quando esse tráfico de notas fiscais e de mulheres se transforma no de armas – uma questão de Estado, como dizia Denis Sibert. Essa questão de Estado, que sempre tem precedência sobre a dos simples cidadãos – e que decide tudo: suas vidas e suas mortes!

Bem. Tudo isso, fiquei sabendo laboriosamente, com uma parte de sorte. Eis-me agora diante da segunda parte de meu trabalho, a mais fácil num certo sentido – bastante delicada, no entanto, e talvez perigosa também. No final das contas, eu conheço a verdade. Mas será que ela deve ser dita? A questão opressiva contra a qual se chocou Christine Dutheuil – e com ela os que a rodeiam – volta através da figuração. Sob uma forma muito simples e aparentemente inofensiva. Trata-se de um relatório de algumas páginas que devo redigir em conclusão a esta investigação.

Em princípio, para o diretor da agência. Na verdade, para aqueles que encomendaram a investigação – os assassinos de Dutheuil. Relatório difícil de elaborar, já que ele obedece a duas exigências contraditórias. Dizer o máximo possível ao diretor, se eu quiser ser remunerado adequadamente. O mínimo possível aos assassinos, em se tratando antes de tudo de lhes dar segurança, mas também, corolário inseparável e ameaçador, de não aparecer a seus olhos como um Dutheuil número 2, ou melhor número 3, a ser suprimido como o Dutheuil número 1 e pelas mesmas razões!

Prosseguindo em minha reflexão, percebo como é possível me livrar dessa situação. No fundo, o diretor, não dá a mínima para o que eu possa ter descoberto ou não. Apesar da sua estreiteza mental, o caráter estranho dessa investigação não poderá ter escapado a ele. O fato de lhe terem fornecido tão poucas informações (pois eu estou persuadido de que elas foram fornecidas a ele: ele é tão preguiçoso que não se deu ao trabalho de ir procurá-las). O fato de a investigação ter sido encomendada três semanas após o crime – isso tampouco lhe escapou à atenção, já que foi a primeira coisa sobre a qual chamei a atenção desse incompetente. Foi nessa hora que ele me disse que se eu não estivesse satisfeito podia ir procurar outra coisa para fazer. Portanto, a verdade de toda essa história, é que ele está "pouco se lixando", como o dizia recentemente com elegância um primeiro-ministro, mulher, ainda por cima. O que ele quer é grana!

E afinal de contas, que eu tenha me esforçado tanto, que essas providências de múltiplas investigações me tenham tomado tanto tempo, exigido muito zelo e inteligência, é o que se pode muito bem explicar a eles, os assassinos. É até o que convém fazer precisamente; quanto mais extensa e minuciosa lhes parecer nossa investigação, mais significativo o seu insucesso. Deixaremos que eles pensem que não pudemos descobrir a verdade, mas também que é impossível atingi-la. Só então, eles ficarão completamente seguros. É preciso dizer a cada um o que ele tem vontade de ouvir; aos criminosos, como aos outros. E o que os criminosos têm vontade de ouvir, esses pelo menos, é que seu crime escapa a toda busca, que ele é inatingível, não demonstrável – talvez inexistente! Dessa forma, ele permanecerá para sempre impune. Ao mesmo tempo que o crime, os assassinos desaparecerão na noite.

Reflito sobre a maneira de dar crédito a essa versão. Mostrando, por exemplo, que não se descobriu uma pista, e sim múltiplas direções de investigação, partindo em todos os sentidos e chegando, a cada vez, não a um indivíduo determinado, mas a grupos, grandes empresas, administrações e instituições e, finalmente, ao próprio poder. Cada uma dessas pistas, aliás, batendo numa porta que não se abriria jamais, contra uma parede, documentos desaparecidos, juízes despojados do inquérito, pessoas desinteressadas no caso. Em resumo, no fim do caminho, não havia ninguém. E se por acaso houvesse alguém, era a amnésia, o silêncio. Que júbilo entre os auditores desse relatório que os coloca fora do alcance, e ainda mais reconfortante para eles é que, em suma, ele é exato!

19

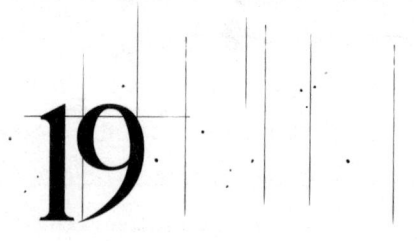

Fiz o trajeto que me conduziu a Fontainebleau como um sonâmbulo, totalmente absorto em meus pensamentos. Hábito imprudente, eu o reconheço, sobretudo quando se circula a bordo de um veículo como o de Natacha! Cada vez que essa desventura me acontece e que eu desperto ao volante de um carro, em velocidades variáveis, me consolo pensando nessa história de cultivadores de endívias, ouvida há muitos anos, quando ainda estudante eu me interessava pelo fenômeno da hipnose. Naquela época, as endívias cultivadas na Bélgica eram encaminhadas aos mercados de Paris por longos comboios de caminhões rodando à noite. Apenas o motorista do primeiro caminhão estava acordado, os outros dormiam, reagindo de maneira hipnótica aos faróis da traseira do caminhão que os precedia, parando e arrancando ao sinal desses faróis.

Nunca foi preciso lamentar o menor dos acidentes por esse tipo de transporte que durou decênios.

Quando descubro na primavera essas lagartas em procissão que devastam as florestas e se encaminham – em que estado de estupor? –, sem jamais se desviar de seu objetivo, eu me pergunto qual é essa força desconhecida, mais sólida do que os laços tecidos pelas mãos dos homens, as colam umas às outras obstinadamente, infalivelmente, até o seu voo no firmamento.

No fundo, é o mesmo poder de coesão, a mesma comunicação interior e mágica, que me fazia me virar de repente, no metrô, quando eu sentia na minha nuca o olhar de uma mulher, olhar este que se desviava imediatamente.

Pelo jogo dessa mesma força obscura, nosso pensamento às vezes precede o que chamamos de acontecimento. Eu caminhava de cabeça baixa sobre a trilha de terra, cujo pó amarelo, a lama seca, as pedras, as asperezas, linhas finas também que atravessavam a areia em todos os sentidos, compunham como que a matéria do mundo, uma dessas praias abstratas das quais Dubuffet fez o arquétipo de seus quadros, quando percebi diversas dessas procissões de lagartas que me provocam tanto horror que evito pousar meus pés sobre elas, no temor de fazê-las explodir e espalhar no solo seu interior imundo. Mais frequente do que a beleza, é a feiúra que protege coisas e seres da destruição.

Mal havia atravessado a minúscula e desprezível barreira desses organismos aglutinados, esforçando-se através do pó para seu destino enigmático – eu acabara de me dirigir sobre esta parte do caminho que atravessa a lagoa em todo o seu comprimento –, quando tive com surpresa a estranha sensação da qual acabo de falar – a de um olhar lançado nas costas, sem que se tenha visto, ouvido ou pressentido de alguma forma a presença daquele que o observa. Eu hesitava em virar-me, tamanha era a coincidência disso que eu sentia subitamente com o curso de minhas reflexões surpreendentes. E em seguida eu o fiz.

Não era uma dessas bonitas criaturas de quem conservo uma amável lembrança, que me honrava com sua atenção. Três silhuetas maciças, duas encerradas em agasalhos de esqui, como se usa por toda parte hoje em dia, enquanto não há nem neve, nem montanha; o terceiro, vestido com uma capa de chuva semelhante ao meu, me seguiam pelo mesmo caminho rodeado de água, que já não era possível abandonar, mas apenas seguir até o ponto longínquo onde, reencontrando a margem oposta, ele se perdia novamente na floresta.

O aspecto dos três personagens, cuja presença era inteiramente insólita naquele local deserto e que por sua aparência diferiam totalmente dos florestais, madeireiros ou caçadores, que poderiam ser a rigor encontrados ali, não deixava margem de dúvidas sobre sua profissão, e o motivo que os conduzia a esse lugar afastado. A eventualidade que eu havia imaginado desde o início da investigação, na qual pensei sem cessar e contra a qual eu me protegi com cuidado nas primeiras semanas, verificando a cada mudança de direção, se alguma silhueta acompanhava meus passos – esta eventualidade que sobrevinha, finalmente, me pegara totalmente de surpresa. O esperado acontecimento era mais do que surpreendente! É como a morte, disse a mim mesmo de repente. A gente pensa nela o tempo todo, mas quando ela acena, depois de uma vida bem realizada, como a um viajante atravessando uma região de colinas e descobrindo, de cada vez no cimo daquela atingida, a linha benévola das que se seguem, sempre outra, e outra ainda, seremos presos de pânico! Como se a derrota não existisse, como se não a conhecêssemos desde sempre!

Os sujeitos que me seguem são profissionais. Vejo isso pelas roupas, a marcha lenta e regular, segura – na maneira de falarem entre eles, mesmo que suas palavras não cheguem até mim. Essa forma de ser, desenvolta, desprendida do que eles vieram fazer aqui. E esse sinal ainda não me engana: eles saíram do esconderijo para se mostrarem a mim, quando eu já não podia escapar, encaminhado a essa estrada reta, cercada pela lagoa, sem voltas nem passagens, sem uma moita e sem nenhuma árvore, aonde eles vão me acuar como um rato.

A iminência do perigo, a impossibilidade da fuga me aperta a garganta. Levo a mão à cintura. Surpresa! Cúmulo do infortúnio e do absurdo! Deixei minha arma no carro, o que um profissional não faz, nem fará jamais!

A situação é tão extravagante, que imagino, por instantes, ser presa de um pesadelo. Pois é bem isso que se passa em um pesadelo: tudo o que se teme, acontece no momento; o trem atrás do qual se corre e que é preciso alcançar a qualquer preço, não se alcança com certeza; daqueles que o perseguem, não se escapará tampouco; a arma que desejo empunhar não está mais lá!

E eu, em meu sonho, viro-me para Natacha: "Natacha, minha querida!" Mas não: não é seu corpo quente do qual eu conheço as formas mesmo antes de percorrê-las... Minha mão no vazio só encontra o ar fresco deste início de primavera. O reflexo do sol que se levanta na água ofusca-me ligeiramente enquanto caminho e continuo a caminhar sem esforço, como se fosse um passeio salutar. Mas atrás de mim, bem iluminadas pela luz da manhã, as três silhuetas continuam lá.

Que fazer? Ir em sua direção para lhes explicar que a providência não tem mais objetivo? Tomei justamente a decisão de interromper a investigação, então, o que mais vocês querem? Vamos apertar as mãos e voltar pra casa. Vocês tiveram um dia de liberdade com que não contavam, e pago, o que é ainda mais formidável!

O problema é que aqueles sujeitos não têm o hábito de discutir e, além disso, não estão ali para falar sobre um assunto que eles nem conhecem, e que não lhes interessa absolutamente. Estão lá para executar uma ordem. O que eles sabem são as modalidades de uma série de ações precisas, cujo encadeamento é fixado antecipadamente e para o bom desenvolvimento do qual tudo fora previsto. No máximo devem eles adaptar o comportamento às circunstâncias. Impossível imaginar outras mais favoráveis! Sendo assim, este recanto da floresta sempre deserto durante a semana, este caminho que não é um caminho, mas o corredor de uma prisão, este espaço onde ninguém verá – a não ser eles, que têm uma longa prática do esquecimento, de tal sorte que esquecem de imediato aquilo de que foram testemunhas. Tudo depende, portanto, das instruções que lhes foram transmitidas e das formas prescritas para sua execução. Dessas instruções, e somente delas.

A partir daquele momento, desdobrei-me completamente, não sentindo mais nada, sendo apenas o espectador desinteressado do que iria me acontecer e que já estava definido em alguma parte, na ordem da missão que esses imbecis haviam recebido, por escrito ou oralmente – no caso de eles não saberem ler! No caso também cujo o interesse geral determinaria que essa ordem não deixasse nenhum traço de sua existência, como foi o caso da certidão de óbito de Dutheuil ou o resultado de seu exame de sangue.

Parece que não se pode estar à janela e se enxergar passando pela rua ao mesmo tempo. No entanto, foi o que me aconteceu naquele dia! Minha janela, meu céu, era esta abertura de luz entre o espaço e a lagoa, entre a orla que traça em torno de mim seu grande círculo misterioso e esse longo traço reto que desaparece no horizonte. Eu me dissolvo nesse espaço, um simples olhar pousado sobre quatro silhuetas minúsculas que se movem insensivelmente à margem dessa elevação de terra no meio das águas. Três caminhando lado a lado, cotovelos apertados, enquanto que a quarta – a minha – caminha rápido diante deles, a uma distância mais ou menos constante, desde que eles penetraram na cena deste teatro imprevisível.

Lembro-me de repente de uma das minhas últimas aventuras africanas. Estávamos aninhados no mato, dispostos em círculos, as armas prontas para atirar. Alguns arbustos ingratos, ralas urzes nos protegiam do calor insuportável àquela hora e também, assim pensávamos, de olhares hostis. Ainda vejo o guerreiro negro chegar correndo. Incapaz de pronunciar palavras, gesticula em todos os sentidos e compreendemos que o inimigo está prestes a nos cercar. "Em fila indiana atrás de mim!", grita o capitão. Ele me havia ensinado que em caso de pânico é importante dar uma ordem, qualquer ordem. É bem este o caso: levantar-se sob as balas que começam a assoviar de todos os lados não me parece a melhor ideia, mas finalmente nos lançamos atrás dele, na direção em que, ao que parece, a armadilha não se fechou completamente sobre nós. Eu corria em companhia de um suboficial malgaxe, que me era simpático porque me fazia pensar, não sei por que, em Joyeux. E foi então que experimentei pela primeira vez esta singular impressão de desdobramento, que me deixava indiferente ao que me cercava, ao tempo em que eu o percebia com uma lucidez perfeita. O tiroteio era tão denso (quem será que havia ensinado a esses embrutecidos a bater-se daquela maneira?) que as folhas, os galhos, estavam cortados nitidamente e se inclinavam à nossa passagem, como para saudar nossa morte próxima. Parecia-me inconcebível que não fôssemos tocados: passava de vez em quando a mão no peito, espantado por não estar encharcado de sangue. Corríamos a toda velocidade, fora do tempo, em meio a uma imobilidade absoluta.

Sobre a elevação de terra que atravessa a lagoa, reintegrei meu corpo, sinto novamente os olhares em minha nuca, ouço os ruídos de passos que se aproximam, enquanto que as conversas se calam. Atrás de mim, apenas esse batimento regular no chão – um tanto excessivo, bastante exagerado, ao que parece. Acreditam eles que irão me amedrontar fazendo barulho? Será a ansiedade que exacerba a acuidade dos meus sentidos?

Acelero o passo. Se eu pudesse chegar à extremidade da lagoa antes deles, e entrar na floresta, teria uma chance de escapar. Estão correndo atrás de mim. Chegados perto de mim, eles me empurram, para que eu ceda toda a largura da estrada sobre a qual pretendem continuar avançando. Eu os deixo passar e diminuo o passo imperceptivelmente. Eles diminuem também e param no meio do caminho, onde fazem uma barreira completa. Começam a falar alto e a rir. Quando me aproximo, distingo suas palavras, o motivo de suas exclamações e da alegria:

— Ele deve tê-los a zero, o sujeito!

— Acho que uma lâmina de barbeador poderia deslizar entre suas nádegas!

Cheguei onde eles estão. O que fazer? De um lado a outro do aterro sobre o qual está a pequena estrada, está também submersa a minúscula praia de uns vinte centímetros, à beira da qual vêm morrer as pequenas ondas da lagoa. Eu desço por aí e contorno por esse desvio o grupo subitamente silencioso. Eles me deixam continuar meu caminho. Depois reagem e voltam atrás de mim. Eu decido lhes liberar a passagem, sem esperar que me empurrem novamente. Volto à pequena praia. Virando de costas para a estrada, fico absorto na contemplação da superfície da lagoa. Espelho maravilhoso e inatingível da água, o que nos dá a contemplar? Nem mesmo a lenta passagem das nuvens convalescentes deste dia incerto — nem mesmo sua imagem — apenas essas praias de luz e esses sinais misteriosos que me esforçava por decifrar com Joyeux. Manchas mais sombrias tomam forma sob meu olhar espantado. Os três esquisitões pararam sobre o aterro, logo atrás de mim, abaixo, e descubro o reflexo de suas massas monstruosas sobre a lagoa. Um sopro percorre a superfície que explode em mil pedaços. Cada um carrega uma parcela dos seres maléficos, dos quais sinto agora o sopro no pescoço. Com a agitação da água, suas fisionomias simiescas ficam animadas com um tremor sinistro. Como num espelho deformante, suas bochechas se alargam, os narizes se alongam. Braços e pernas são sacudidas, como os de uma marionete. Um sinal de júbilo malvado retorce os lábios espessos. Há baratas em seus cabelos, que se levantam indiferentes ao vento, tomadas por uma vibração satânica. De suas bocas ensebadas jorra o cuspe que suja a pele de minha nuca.

– Não deve ser nada divertido apodrecer dentro de um saco no fundo da água!

– Ou encontrar-se sobre um leito de hotel, sem uma vadia a seu lado para esquentá-lo: completamente nu, inteiramente frio!

Estou estupefato. Não ousando me virar, como se cada movimento de meu corpo, cada gesto que eu esboçasse viesse a decidir minha sorte, conservo o olhar fixado sobre a lagoa.

As três silhuetas disformes continuam a balançar-se ao dispor das oscilações das ondas. A mão de um dos grandalhões entra lentamente no bolso do blusão. Punhal afiado? Pistola automática? Irão lanhar as costas com golpes de faca ou atirar-me uma bala na têmpora?

Vejo Natacha. A jovem se estendeu na cadeira de balanço onde gosta de repousar. Está mergulhada na leitura de um livro. Ela não lê. É tarde. De tempos em tempos lança um olhar no relógio. Ou então, aterrorizada, olha para o telefone. O telefone irá soar a essa hora inconveniente da noite?

"Senhora Michel? E então, a senhora é mesmo a pessoa que vive com o senhor Michel... Johannes Michel? Sinto muito incomodá-la, senhora. É preciso que a senhora venha imediatamente ao comissariado de polícia. Descobriu-se..."

"Natacha, será que existe algum lugar de onde você poderá me perdoar?"

Um golpe de vento dissipou as silhuetas maléficas. Mal tenho tempo de vê-los deslizar pela minha direita. Com um movimento involuntário giro os olhos, depois a cabeça. Eles foram embora. Estão chegando à extremidade do caminho, lá onde, alcançando a margem, ele penetra no bosque. Eu os acompanho por um momento com o olhar. Eles se dirigiram em diagonal para a direita e desapareceram atrás das moitas.

Retomo lentamente a estrada. Chego ao local onde eles deixaram o caminho, a passagem que eles utilizaram está vazia. Escolho a direção oposta. Vou refazer a volta à lagoa, passando pela floresta. Nem traço deles. Tento avançar guiando-me pelo sol, tentando evitar os galhos que estalam sob meus passos. A cobertura é feita de tufos. Interrompo o passo e escuto... Pássaros voam de uma árvore para outra. Seu voo é natural; eles passam e pousam sem ruído. Às vezes, um canto. Acima das árvores, as nuvens brancas, como chapéus em dia de festa, desfilam no céu claro.

Retomo a caminhada, tomando cuidado com o lugar onde ponho os pés. Como se essa atenção tardia no mínimo detalhe contribuísse para esconjurar o perigo do qual eu acabava de escapar. Ou se trata para mim de retomar, pouco a pouco, o controle da minha mente e de meus sentidos?

Por que será que eles não me liquidaram? Porque eles não haviam recebido a ordem. A ordem era de apenas essa demonstração de mau gosto e uma vulgaridade que diz muito sobre a canalha que se recruta para esse tipo de tarefa. Percebo de repente que faço parte dessa canalha. A gente ganha a vida como pode.

E depois, as palavras que provocaram minha surpresa, enquanto eu esperava levar uma bala na cabeça de novo ressoam em meus ouvidos. Pode-se pensar que elas faziam parte da mensagem que me era elegantemente endereçada. Foi muito claro: "Pare de ocupar-se de Dutheuil se não quiser acabar seus dias como ele".

Só que, ao formular esse aviso da maneira mais simples e mais direta, eles disseram outra coisa, dessa vez involuntariamente. Pois sim! Como é que eles sabiam desses detalhes sobre a encenação macabra que marcou o fim de Dutheuil? Esses detalhes e muitos outros, sem dúvida!

Acabo por cruzar um caminho de atalho que vai para a direção que me interessa. Não me enganei. Ele termina na clareira onde deixei o carro. Novamente, observo longamente, dissimulado em uma moita, a situação do local. Sempre a mesma calma, o mesmo silêncio. Dou a volta na clareira sem deixar meu abrigo – para o caso em que eles venham me esperar aqui. Examino o carro. Não teria algum pequeno dispositivo dissimulado em algum lugar? Nada, a não ser uma folha de papel dobrada sobre o volante, como para protegê-lo do calor. Ela traz grandes letras escritas às pressas com caneta feltro, mas muito legíveis: *"Ocupe-se de outra coisa. Amigavelmente".*

Dirijo lentamente na volta, como se eu mesmo estivesse atingido pelo uso e precariedade do carro. Ainda que apertadas ao volante, minhas mãos tremem. Pense nesses percursos noturnos, nos faróis que emergem ao longe na obscuridade, aproximam-se abraçando os desvios da estrada, antes de lhe alcançar de repente com seu facho, iluminando no espaço de um instante as árvores, campos, casas, até algum gato surpreendido que foge em algum corredor.

Eu mesmo experimento essa sensação de festa espiritual que é uma revelação:

Jean Dutheuil, eu vi o rosto de seus assassinos!

– Como você está pálido – exclama Natacha –, como você está pálido!

20

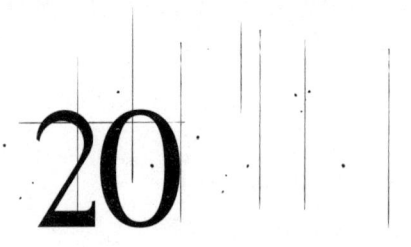

Acordo tarde. Natacha já saiu. Reflito no que vou fazer com a agência. O telefone toca: é justamente a agência!

— O diretor deseja falar com você pessoalmente — sussurra a secretária —, às três horas da tarde de hoje. Seja pontual. Você terá uma segunda reunião depois dessa.

Como se eu não fosse sempre pontual...

Redijo um breve relatório a mão. A secretária o digitará! Com relação à pontualidade, começam por me fazer esperar, como de costume. As pessoas importantes vão sempre fazer você esperar, é assim mesmo, ainda que roam as unhas do outro lado da porta. A importância é tão importante no mundo de blefes em que vivemos, que ela tende a tornar-se a coisa mais importante. Não apenas uma regra de conduta, uma das únicas regras que subsistem — a mais nociva, aliás — mas a fonte de uma atividade específica.

É o que tento fazer compreender o imbecil do meu diretor. Em vez de se dedicar à supervisão de supermercados, estacionamentos e outros locais onde se faz estragos através da delinquência menor, faz muito tempo que seus colegas entenderam o truque: a proteção pessoal. Ela representa uma atividade cujo mercado parece limitado à primeira vista. Trata-se, em princípio, de policiais destinados à segurança de personalidades de posição elevada, como ministros, presidentes e outros grandes diretores. Em resumo, a fauna no meio da qual evoluía Jean Dutheuil. Os guarda-costas – na realidade devem ter fornecido a ele alguns – se mantêm muito próximos daquele de que são encarregados, colocando-se como barreira protetora e obstáculo, se necessário com o próprio corpo. Eles são armados e treinados para essa tarefa, mas sua competência é das mais medíocres. Ao mesmo tempo, não é mais de proteção que se trata, e é isso que meu respeitável diretor tem tanta dificuldade em colocar na cabeça.

Eis o axioma de base: toda personalidade importante deve ser protegida. Corolário 1: quanto mais importante for ela, mais a proteção deverá ser severa – e visível. Visível, porque a dissuasão faz evidentemente parte da proteção. Aquele que gostaria de dar um golpe refletirá duas vezes antes de atravessar um cordão de gorilas, prontos a atirar ao primeiro gesto suspeito. Tal é, portanto, a primeira consequência do axioma fundamental: quanto mais a proteção de um personagem é severa e visível, mais deve se tratar de uma personalidade importante. Corolário 2: toda pessoa desejosa de ocupar um lugar importante na sociedade e de ser reconhecida como tal deve cercar-se de uma proteção pessoal, proporcional à importância que ela reivindica. Quanto maior é o número de pseudopoliciais de uniforme ou a paisana se agitando em volta de um imbecil, mais o imbecil parece um gênio. Em resumo, não é porque um indivíduo é importante que ele é protegido; é por ser protegido que ele é importante. O desejo de importância sendo universal e o verdadeiro motor da sociedade, consequentemente a proteção pessoal tem diante dela um mercado em plena expansão.

Escólio: a proteção pessoal servindo não para proteger, mas para tornar importante, a natureza dessa atividade muda totalmente. Não mais gorilas enfiados em blusões de formas volumosas, e sim rapazes elegantes, de ternos italianos bem ajustados, cercando o personagem principal, sussurrando à sua aproximação, preparando sua aparição, não ousando pronunciar-se sobre o que ele dirá exatamente, mas capazes, caso contrário, de falar em seu lugar ou de acalmar a multidão: os porta-vozes, os adidos, uma revoada de secretárias muito importantes e dando àqueles de quem formam de algum modo a guarda intelectual, uma dimensão nacional, ou até mesmo planetária.

No fundo, é para uma profissão desse tipo que eu sou feito. Só permaneceria nesta agência infecta se o diretor me oferecesse um posto correspondente às minhas capacidades, com um salário...

– O diretor o espera...

Ele me recebe de maneira quase amável. Desde a minha última visita, repintaram o escritório e mudaram os carpetes. Eles são brancos, como eu havia sugerido. Estariam, por acaso, começando a ter algumas ambições?

– Caro amigo, é chegado o momento...

Extraio meu papel. Ele parece surpreso.

– Mas não é a mim que você vai fazer seu relatório.

Fico escutando: isso está ficando interessante.

– Eu lhe havia dito desde o início desse caso, lembra-se?

– Muito bem, muito bem.

– É a pessoa que encomendou a investigação que pediu para encontrar-se com você pessoalmente, e é normal. É a ele que tudo isso interessa, concorda?

– Realmente.

– O que vai lhe dizer?

Hesito. Já é tempo, apesar de tudo, de ampliar os horizontes desse trabalhador!

– O que ele tiver vontade de ouvir.

O diretor fica surpreso.

– Mas... isso terá, pelo menos, uma relação com a verdade?

– Com uma parte da verdade, aquela exatamente que ele deseja conhecer.

Ele ri.

– Ah, bom, muito bem! Faça o melhor que puder. Acho que você está pronto...

Ele me informa sobre o local do encontro, e o nome daquele que devo encontrar:

– Senhor Léon.

– Senhor Léon?

– Sim; ele não deseja ser chamado de outra forma.

– Como é a aparência dele?

– Não sei, eu nunca o vi.

– E como irei reconhecê-lo?

– Você vai ao bar de um grande hotel. Dirija-se à recepção. Irão conduzi-lo a ele. Muito bem, acho que está na hora.

– Gostaria de lhe falar sobre minha situação pessoal. Seria possível falar com o senhor amanhã?

– Amanhã estou muito ocupado. De qualquer modo passe aqui, vamos tentar encontrar um momento.

– Na verdade, esse encontro agora, eu vou sozinho? Ele com certeza não pensou nisso.

– Oh... sim. Não creio haver problema quanto a isso: fica bem no centro.

Ao sair, pergunto a mim mesmo. Evidentemente fica bem no centro, mas enfim, se me dizem para entrar em um carro e que a entrevista se realizará na floresta de Fontainebleau... Fico chateado de entrar em contato novamente com Joyeux, mas penso em Natacha. Joyeux, apesar de tudo, ficará contente. Espero que ele esteja lá...

Ele está lá. Ele está sempre lá atualmente. Suponho que tenha sido promovido. São os outros que partem em patrulha para fazer o trabalho, enquanto ele conversa com sua secretária sobre o assunto.

Eu lhe explico essa história de encontro.

– Onde e a que horas?

– Eu vou?

– Vá com calma.

O local me lembra minhas entrevistas com Christine Dutheuil. A propósito, o que vou fazer com ela? Envio-lhe o memorial que lhe havia prometido? É evidente que ela não se importa com isso. Suponho que o que ela quer é nunca mais ouvir falar no assunto. Todas essas lembranças horríveis... é compreensível. E depois, os jornalistas, o escândalo...

Pode-se viver, entretanto, virando as costas para a verdade? Esquecendo-a completamente? Não reside ela misturada à nossa carne, sopro, de tal maneira que se tornaria impossível respirar se ela nos abandonasse para sempre? Sem a verdade, não seria mais possível respirarmos: não respiraríamos mais!

Conservo minha mão sobre a arma quando entro no bar silencioso. Três indivíduos estão jogados sobre um sofá, de costas para a entrada. Diante deles, há um espelho no qual enxergo minha silhueta se recortar um instante. Não tenho tempo de examinar suas fisionomias. Mesmo assim, tenho uma impressão bizarra.

Na recepção, não parecem surpresos com minha solicitação. O encarregado movimenta-se logo e me conduz a um ângulo deserto desse luxuoso salão. Um homem se levanta. Ele é alto, ombros largos, a fisionomia fina, os cabelos brancos. Usa óculos com armação de ouro.

Não estou verdadeiramente surpreso ao reconhecer aquele que nunca vi. De certa forma, fico seguro. Será muito mais fácil para mim falar com ele, sabendo quem é. Será que sempre se tem simpatia pelo marido ou amante de uma mulher com quem se transou às escondidas? A verdade é que eu o acho amável.

Parece-me estar de posse de uma situação, ver mais longe do que o homem cortês e distinto que me pede para sentar e cujo discreto sorriso diz suficientemente que veio buscar um acordo. E talvez também que ele não esteja aborrecido por encontrar, no lugar de um fantasma semelhante àqueles que guardam a entrada de nosso bar, um desses adidos para a proteção pessoal que me faz sonhar.

E não esqueço que por trás de sua fisionomia atenta e um pouco cansada existe outro rosto, mais duro, um segundo personagem, mais ameaçador, cujo olhar está pousado sobre nós. É aquele que nos interroga aos dois, que observa o menor de nossos gestos, a mais breve de nossas hesitações, que busca saber se deve nos liquidar, que convém dizer por intermédio de meu amável presidente o que deve deixá-lo definitivamente seguro – o que deve nos salvar a vida!

Uma cumplicidade secreta já nos liga, enquanto ele começa a falar, com uma voz surda e quase amigável:

– Nós fomos terrivelmente afetados pelo brusco desaparecimento do senhor Dutheuil. Era um colaborador de valor excepcional, ativo, cheio de intuições frutíferas. Ele sozinho era mais útil para uma grande empresa como a nossa, do que vinte colaboradores ainda que competentes. E depois, numerosos anos de trabalho em comum, de uma confiança absoluta... criando laços insubstituíveis.

Faço sinais evidentes de simpatia.

– Foi por isso, quando esta infelicidade aconteceu, que nós quisemos saber... Houve uma certa investigação.

– Eu pensei que não tinha havido investigação.

– Mas é verdade! Lembro-me, o senhor tem razão. É justamente por isso que de nossa parte, compreende, dado o apego que tínhamos por esse colaborador eminente, desejamos informações mais precisas. Havia as condições dessa morte... O senhor acha que ele se suicidou?

– Certamente que não.

– Não é verdade? As circunstâncias autorizavam diversas hipóteses, foi estranho.

Em seguida, bruscamente:

– O senhor tem provas?

– Sim e não. Havia provas, mas elas desapareceram. É exatamente esse desaparecimento de provas que é a prova mais forte.

– Quais eram essas provas?

– Um exame de sangue, cujo documento foi roubado. Uma certidão de óbito na qual as causas do óbito não figuravam.

Ele faz de conta que se lembra.

– Mas sim! Lembro-me muito bem. Foi esse detalhe, se é que assim pode ser chamado, que nos fez tomar a decisão de procurar sua agência...

Ele faz uma pausa. Eu também. Decidi deixá-lo vir, porque pelas suas perguntas eu verei melhor como orientar meu relato.

Ele entra justamente no cerne do assunto. O tom mudou imperceptivelmente, e é aqui que preciso não cometer nenhum engano.

– Se se trata de um homicídio, o que o senhor descobriu?... O senhor sabe quem são os assassinos?

Novamente, respondo de maneira a desconcertá-lo um pouco:

– Sim e não.

– Como é isso?

– Eu enxergo, se é que o senhor compreende, o gênero de caso, os motivos desse... crime, pois que se trata de um crime. Adivinho a silhueta dos personagens. Mas conhecer com precisão os indivíduos efetivamente implicados... creio ser impossível.

Ele jogou-se para trás em sua poltrona, respirando melhor e eu também.

– Que gênero de caso?

Ele se faz de ingênuo. Enfim, continuemos nosso jogo:

– Trata-se do financiamento clandestino do Partido Social. O senhor Dutheuil ocupava-se seriamente disso.

Não acrescento: "Foi o senhor mesmo que o encarregou disso, com uma licença por tempo indeterminado, para a execução dessa nobre atividade. Não vamos lhe relatar demais, e lhe causar inquietações até do lado de sua bela amiga. É suficiente fazê-lo compreender que sei mais do que desejo lhe dizer, e desta forma, que sou capaz de segurar minha língua e não falar com ninguém mais".

Prossigo:

– Esse dinheiro clandestino, evidentemente, despertava muita cobiça.

Ele se sobressalta.

– O senhor não acha que o senhor Dutheuil... deixou-se tentar e que sua morte é consequência de um sórdido acerto de contas?

– Nesse estágio, veja, senhor – quase disse "senhor presidente" –, estamos limitados a conjeturas. Quanto a mim...

Nós nos entreolhamos.

– Não acredito que o senhor Dutheuil esteja morto por ter sido desonesto, mas ao contrário, por causa de sua honestidade.

– Que situação extraordinária! O senhor poderia precisar o que está pensando?

– Não foi Dutheuil quem meteu a mão no caixa, em minha opinião; mas ele impediu ou quis impedir alguém de fazê-lo.

– Inacreditável!

– Mais uma vez, senhor, de minha parte são apenas suposições...

– E quem seria esse alguém?

– Este alguém significa a meus olhos muita gente. E uma vez mais, acho que será impossível identificá-los. Existem os executantes de um lado. Provavelmente simples matadores de aluguel. Principalmente policiais particulares, ligados a uma organização e trabalhando regularmente para ela.

– O que o faz imaginar essa hipótese?

– O fato de que houve uma maquinação, uma armadilha, sem dúvida, um plano, uma encenação.

– Com efeito, mas essa organização para a qual eles trabalham...

– Organização não é exatamente a palavra. Suponho que se trate, sobretudo, de um grupo de traficantes.

Seus olhos se iluminam.

– Que tipo de traficantes?

– Provavelmente traficantes de armas. Essa gente tem necessidade de uma vigilância permanente para a guarda, transporte e, quem sabe, a manutenção de suas mercadorias particularmente complexas e onerosas.

– O senhor tem alguma ideia sobre esse grupo?

– Nenhuma.

– Seria possível prosseguir na investigação sobre esse ponto?

– Absolutamente não.

– E por quê?

Seu olhar me fixa como o de um pássaro. Irène teve esta expressão uma vez comigo.

Eu rio, enquanto ele me observa abertamente.

– Não se pode, na verdade, ir pesquisar dentro dos escritórios da presidência!

Ele simula surpresa.
— O senhor acredita que chegue até lá?
— Francamente, não sei de nada. Estamos diante de uma nebulosa... inalcançável.
— Mas então...
É ele quem vai dizer:
— Não seria conveniente considerar que a investigação está terminada?
— Não há mais nada a fazer.
Ele agarra a deixa com uma precipitação excessiva:
— Realmente, senhor, permita-me expressar-lhe... minha admiração. Nessas circunstâncias, o senhor deu provas de uma... lucidez, uma intuição... de uma sabedoria! E imagino que isso não deve ter sido fácil...
Concordo modestamente.
Ele parece tomado de uma inspiração e se levanta bruscamente. Uma espécie de silêncio solene se estabelece, como no momento em que o presidente de um júri anuncia o resultado de suas deliberações diante do candidato a ficar sob guarda.
— Convenhamos, senhor, a investigação terminou!
Sua mão desliza ao longo do paletó, hesita entre os dois bolsos que, contrariamente ao que se observa nas pessoas bem-vestidas, estão hoje ligeiramente deformados. Ela se dirige finalmente para a mais saliente, dele retira um pacote achatado e o estende a mim.
— Permita-me lhe expressar toda a nossa gratidão...
Sem deixar de me encarar, ele me estende a mão.

– A investigação – digo por minha vez com certa solenidade –, a investigação está terminada!

Eu me inclino e, depois de ter escorregado o envelope em meu próprio bolso, chego à saída.

Os fantasmas não me prestam mais atenção do que na entrada, mas seus rostos dessa vez se viraram para mim. São os três rostos que vi dançar sobre a água, durante meu passeio da véspera ao longo da lagoa.

Do lado de fora, caminho de cabeça erguida. Fecho minha capa de chuva, protegendo o envelope que não deverá se espalhar sobre a calçada, e escondendo minha arma que desta vez não esqueci. Apesar de minha rapidez, alguém me alcança e se mantém perto de mim.

É Joyeux.

– Deu tudo certo?

– Acho que sim. O tipo me passou um pacote de grana.

– Eu vi.

Grande Joyeux! Continuo a avançar sem olhar para ele. E de repente, eu lhe transmito a preocupação que me atiça há algum tempo:

– Diga lá, Joyeux, não foram seus zuavos[1] que liquidaram Dutheuil?

– Você, hein? Que boa opinião tem de seu velho companheiro que, diga-se entre nós, o tirou da merda mais de uma vez.

– Isso não escapou a meus olhos experimentados.

– Os sujeitos que suprimiram Dutheuil, veja você, eles trabalham como porcos.

---

[1] Soldado argelino de infantaria ligeira a serviço da França no século XIX. (N. T.)

– E por quê?

– Em primeiro lugar, eles não tinham nada que quebrar a cara dele. Um cadáver desfigurado, você imagina? A menos que isso faça parte do cenário, o que não foi o caso. E depois, esse herbicida, os salafrários!

– Não estou entendendo.

– Foram nossos serviços que trouxeram este troço. É prático, mas é assinado. Além disso, nós só o empregamos raramente, entende? Isso tinha a intenção de dizer que fomos nós. Não se incomodaram com isso, os sujeitos!

– Como é que eles conheciam o negócio?

– Esses comandos são compostos de veteranos. Alguns vêm de nosso grupo, aliás, de toda parte, há antigos paraquedistas... você se dá conta?

Eu me dou conta.

Joyeux me bate afetuosamente na nuca.

– Diga lá, que tal se jantássemos juntos esta noite? Por uma vez, sou eu quem convida!

– Melhor voltar para casa. Deve haver alguém esperando por você. Por que não lhe oferecer umas férias? É a estação dos amores.

21

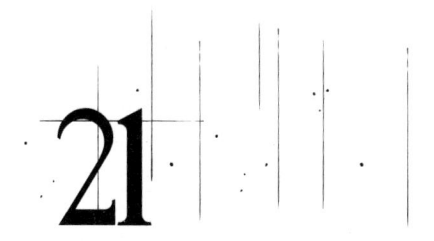

Eu me sinto esgotado. Contudo, quando chego em casa, Natacha me acha com uma aparência melhor.

– É mesmo? Tenho vontade de tirar umas férias. O que você acha de uma viagem à Itália?

– Agora?

– Você ainda tem uma porção de dias de férias a tirar, não? E depois, você só tem que ir falar com seu médico.

– Mas... serão apenas poucos dias. Nós não temos muito dinheiro neste momento. Eu olhei a conta.

– Justamente, como não é costume, eu lhe ofereço um presente.

– Um presente?

Coloco o pacote sobre a mesa. Acho até que, à parte as flores, é a primeira vez que eu lhe ofereço alguma coisa. Prazer sutil o de observar uma mulher que recebe um presente, sobretudo quando a ocasião se apresenta tão raramente. Esse ar desprendido e ao mesmo tempo essa curiosidade ativa.

– O que é isso?

– Veja você, é uma caixa de pó de arroz.

Começa a manusear a caixa. Finalmente, ela desfaz a embalagem e considera o conteúdo, enquanto que sua testa se franze à medida que conta as notas.

É engraçado, isso de notas. Quando são retiradas do banco, elas ocupam muito lugar e há muito pouco dinheiro. Aqui, elas devem ter passado sob um rolo compressor, pois estão literalmente coladas umas nas outras. Natacha tem muito trabalho para descolá-las. Ainda que o pacote seja bastante espesso, a quantidade ultrapassa qualquer previsão. Natacha está ao mesmo tempo estupefata e inquieta. Ela continua contando, e contando. As notas são todas novas. Isso deve parecer com os pacotes que Jean Dutheuil transportava em suas maletas.

Ela se vira para mim, a expressão grave, como se acabasse de desmontar um engenho explosivo.

– Imagine!

Ela reflete e depois me diz:

– O que você fez para lhe darem toda esta grana?

– Nada.

– Eles lhe deram tudo isso por nada?

– Com certeza.

– Você está me escondendo alguma coisa. Não se pagam as pessoas, menos ainda com uma soma dessas, para não fazer nada, não é?

– Mas sim... Eles compraram meu silêncio. O silêncio, eu bem sei, é o que custa mais caro.

Longo olhar negro de Natacha.

– Mas então você sabe, você descobriu?

– Mais ou menos.

A inquietação toma conta dela novamente.

– Você conhece o assassino?

– Não vi o rosto dele, não ouvi o som de sua voz. Mas o tipo que encontrei há poucas horas, ele os conhece. Foi por seu intermédio que conversei com o assassino... com os assassinos.

– O que eles queriam?

– Assegurar-se por um olhar diferente dos deles que nada se sabia sobre eles... que a cidadela era impenetrável.

Ela emite um leve suspiro, no qual se percebe mal a parte da admiração e a do terror.

– Ou ainda que aquele que sabia nada diria.

– Eles sabem que você sabe?

– Ele se perguntam.

– Mas então, você ainda está em perigo!

– Ficou bem acertado entre nós que a investigação estava terminada.

Ela só fica parcialmente segura.

– Além disso, veja, as cláusulas do contrato estão sobre a mesa.

– Eles sacrificaram todo esse dinheiro para ter certeza?

– Para eles, você sabe, não é muito. E depois, essa gente rica faz ziguezagues incompreensíveis aos outros. Apesar de tudo, eles também têm medo, e procuram se prevenir contra qualquer coisa...

– Contra o quê?

– Eles não sabem muito bem, são como nós. Ou não pensam nisso, ou se protegem atrás de redes de proteção... Veja, a proteção pessoal. Transformar a insignificância em importância! É nisso que preciso pensar...

– O que está dizendo?...

– Na verdade, vamos a Vicenza, a Verona, a Pádua? Você prefere Roma?

Natacha pula como uma gata. A perna esquerda sobe até o teto. Ela começa uma dança desenfreada em volta da mesa.

– Não adoremos tanto assim o bezerro de ouro! – digo-lhe rindo.

Ela se ajoelha na minha frente. O olhar das mulheres é como o dos animais, atravessa a gente, vai mais além, para outra parte talvez. Ele só se apoia provisoriamente sobre seu rosto, antes de se precipitar sobre o que não tem rosto. No fundo de sua noite, existe Deus.

E em seguida, Natacha retoma sua dança, dirige-me grandes sinais exaltados.

– Legal, vamos poder trocar de carro!

Ela reflete:

– Prefiro o norte da Itália.

22

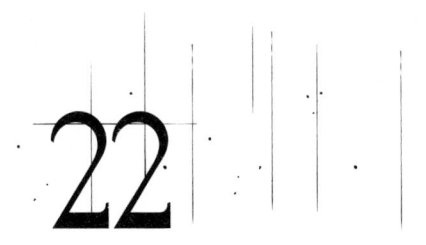

"Eles iam frequentemente à Itália..."
Essa observação de Marie Nalié me volta à mente. Estaremos seguindo seus passos sem nos darmos conta disso? Veremos as mesmas cidades, os mesmos palácios, suas escadarias de mármore, com os mesmos olhos – com seus próprios olhos? Será possível alguma vez enxergar com os olhos de um outro alguém, fundir-se em seu olhar?
Tudo isso sem dúvida se tornou indiferente. Eles esqueceram seu nome. Eles me recusaram até o direito de escrevê-lo. Você esqueceu o deles. Seus olhos se desligaram das coisas deste mundo. Seu chamado já não perturba o sono, o bater dos pés das dançarinas não mais o comovem.
Para você, a mudança não foi muito brusca? O silêncio é audível para aquele que não adquiriu um longo hábito disso? Você compreende o silêncio da Terra, Jean Dutheuil, você o escuta? Seu corpo deslizou nas dobras imemoriais. Seus membros reencontraram o alinhamento perfeito.

Dados Internacionais de Catalogação na Publicação (CIP)
(Câmara Brasileira do Livro, SP, Brasil)

Henry, Michel, 1922-2002.
    O cadáver indiscreto / Michel Henry ; tradução Nélia Maria Pinheiro Padilha Von Tempski-Silka. – São Paulo: É Realizações, 2013.

    Título original: Le cadavre indiscret.
    ISBN 978-85-8033-125-7

    1. Romance francês I. Título.

13-03902   CDD-843

Índices para catálogo sistemático:
1. Romances : Literatura francesa   843

Este livro foi impresso pela Gráfica Vida & Consciência para É Realizações, em janeiro de 2014. Os tipos usados são da família Dante MT Std e Pharmacy Regular. O papel do miolo é off white norbrite 66g, e o da capa, cartão supremo 300g.